The Beast

Das Tier lag tief in den Graben geduckt im Halbschlaf da, als der Geruch an seine Nüstern drang. Weit hinten an der Biegung des Weges waren jetzt Schritte zu vernehmen, von zwei Zweibeinern und einer Kuh. Die feuchten Nüstern des wilden Ebers weiteten sich und saugten die Luft ein, es roch nach Rauch, kaltem Schweiß und warmem Stall, darüber der süße, verlockende Duft von warmer Milch.

Geifer floss von seinen Hauern und tropfte zu Boden. Unstillbarer Hunger wühlte in seinem Bauch. Der Eber schob sich näher an den Weg heran. Seine Muskeln zuckten vor Anspannung, aber noch hielt er sich flach an den Boden gedrückt in Deckung: Er hatte gelernt, sich Zweibeinern mit Vorsicht zu nähern. Manche von ihnen hatten spitze Gegenstände, die sich tief in sein Fell bohren konnten, und manche beherrschten das Feuer. Seine Augen zuckten unruhig hin und her. Der Geruch von Milch trieb ihn vorwärts.

Über das Geraschel von Laub und dem trägen Rhythmus der Schritte erklangen Wörter. Der Eber hob den Kopf und stellte die Ohren auf.

"**It's getting** colder **again**", sagte eine tiefe Stimme. "It looks **as if** it **will rain** in a minute, and it is getting darker."

beast Biest
it's getting es wird
again wieder
as if als ob
will rain regnen wird

"Let us **hope that** it **won't rain**. It **would ruin everything**. **There were** not **many** people at the **market** last week, **although** the sun **was shining**. **Everyone** is afraid", sagte einer der Zweibeiner.

Sie waren jetzt so nahe, dass der Eber die Haare an ihren kräftigen Unterschenkeln sehen konnte.

"I hope the market isn't closed. We **have come** a long way ...", antwortete die tiefere Stimme.

Market. Der Eber zuckte zurück. Er konnte einzelne Wörter verstehen, sie ergaben einen dumpfen Sinn. "Market" war eines davon, es bedeutete so viel wie: viele. Viele Zweibeiner, Kühe, Berge von Kuchen und süßem Brot. Ein großes Fressen. Er stampfte unruhig auf, verwirrt von der Entscheidung, die er zu treffen hatte. Raschelnd fegte er Laub zur Seite.

hope hoffen
that dass
won't rain nicht regnen wird
would ruin würde ruinieren
everything alles
there were es waren
many viele
market Markt
although obwohl
was shining schien
everyone jeder
have come sind gekommen
did you hear hast du gehört
that das
not anything nichts

Die Zweibeiner fuhren herum.

"Listen. **Did you hear that**?", flüsterte der Ältere. Beide lauschten.

Im Graben war es still.

"No." Die Stimme klang unsicher. Noch immer standen sie bewegungslos. Selbst die Kuh hatte aufgehört zu kauen und drehte ihren Kopf unruhig in den Wind.

"No, I do**n't** hear **anything**", wiederholte der Erste.

"Maybe it **was** an animal", sagte der andere.
"A fox. Or a **wild** cat." Der Eber konnte die Erleichterung in seiner Stimme deutlich hören.
"You see? Everyone is afraid ..."
"... and **probably** it's **all** **just** a bad joke ..."
"... and it's **only** a rabbit. And it's **just as** afraid as we are!"
Lachend trieben sie die Kuh weiter in Richtung Marktplatz.
In sicherer Entfernung folgte ihnen der Eber, lautlos wie ein Schatten.

was war
wild wilde
probably wahrscheinlich
all alles
just nur
only nur
just as genauso

At the **Flea Market**

Oh! **Look at** this!", rief Antons Mutter und blieb vor dem Plakat stehen. Anton streckte die Hände tiefer in seine Hosentaschen und sagte nichts. Er hatte gehofft, sie würde daran vorbeigehen.

Flea Market, Saturday, July 5th, 9 am – 4 pm. ***For reservations*** *please* ***call*** *01778 – 45090*, stand auf dem dunkelgrünen Plakat, das sie jetzt mit leuchtenden Augen betrachtete.

Auch Anton und Jeff Dawking, der neue Freund seiner Mutter, blieben stehen.

Sie waren ins Dorf gekommen, um Jeffs Tochter vom Bahnhof abzuholen, hatten aber noch mehr als eine Stunde Zeit. Eigentlich hatte Anton gehofft, sie würden ihm am Bahnhof einen Hamburger kaufen, um das Warten zu verkürzen, oder zumindest eine Cola. Aber jetzt schien seine Mutter andere Pläne zu haben.

"We have **another** hour **before** we **have to be** at the **train station**", sagte sie mit einer seltsam fröhlichen Stimme, die Anton nicht mochte, und drehte sich nach Jeff um. Anton blickte auf seine Schuhe und schwieg.

Jeff sah überrascht aus: eine erfolgreiche, gut gekleidete Geschäftsfrau, die

flea market Flohmarkt
look at schaut euch an
for für
reservations Reservierungen
call anrufen
another noch eine
before bevor
have to be sein müssen
train station Bahnhof

sich über einen Flohmarkt freute wie ein kleines Kind. Normalerweise kaufte Antons Mutter in der Innenstadt ein, in teuren Läden, in denen die Verkäuferinnen nie aufhörten zu lächeln, obwohl sie Kinder nicht zu mögen schienen. Wahrscheinlich wäre Jeff das lieber gewesen als ein Flohmarkt. Auf Anton wirkte er ein wenig wie ein Mann, der gerade erfahren hat, dass er zum Zahnarzt muss.

"Do you like flea markets, Sandra?", fragte er lächelnd. "I **didn't know** that."

(Was gab es da zu lächeln, dachte Anton.)

Antons Mutter lachte. "I know **most** of the **stuff** is **rubbish**. But I loved flea markets when I was small. It was **like** a **treasure hunt**. We didn't have **much** money, and sometimes you **could find wonderful** things. Don't you want to go?"

Jeff schob den Ärmel mit den goldenen Manschettenknöpfen nach oben und schaute auf seine Uhr. "**Well**, we have time. **If** you want to go to the flea market – why not? A treasure hunt! It will be an **adventure**!"

(Uuuargh, dachte Anton.)

Seine Mutter schlang ihren Arm um Jeffs Taille und blickte lächelnd zu ihm auf. Sie sah sehr glücklich aus in letzter Zeit. Anton seufzte ergeben.

didn't know wusste nicht
most der Großteil
stuff Zeug
rubbish Schrott
like wie
treasure hunt Schatzsuche
much viel
could find konntest finden
wonderful wunderbare
well nun
if wenn
adventure Abenteuer

"Kommst du, Schatz?", rief seine Mutter ihm über die Schulter zu und lief über die Straße, auf den Flohmarkt zu.
Anton nickte schweigend. Den Hamburger konnte er vergessen.

god Gott
had hatte
these diesen
when als
them sie
do you think meinst du
should buy sollte kaufen
her sie
forever für immer

Es war ein kleiner, schäbiger Flohmarkt, nicht mehr als dreißig Stände im leichten Nieselregen. Die Hälfte der Sachen war mit durchsichtiger Folie abgedeckt, um sie vor der Nässe zu schützen. Spielsachen, verschrammte Schlittschuhe, zerknickte Comics und veraltete Videospiele lagen trostlos herum. Anton trödelte hinter seiner Mutter und Jeff her, die Hände noch immer in den Taschen vergraben. Seine Mutter dagegen schien sich zu amüsieren: Sie hielt einen grell orangefarbenen Lampenschirm hoch und flüsterte Jeff etwas ins Ohr. Er grinste.
"Oh my **god**!", rief sie am nächsten Stand und zeigte auf ein uraltes Poster, das an der Rückwand hing. "I **had** one of **these when** I was fourteen! I loved **them**!"
Jeff lachte. "My daughter is fourteen. **Do you think** I **should buy** one for **her**?"
"Only if you want her to hate me **forever** ..."
Anton verdrehte die Augen.
Dann fiel sein Blick auf ein seltsames, verbogenes Stück Metall. Es sah rostig und irgendwie erdig aus, wie ein altes Hufeisen. Das Ding schien aus einem sehr dicken

Draht geformt und bildete ein Rechteck mit abgerundeten Kanten. Oder einen eckigen Kreis. An einer Seite hing ein einzelnes, herausstehendes Stück Draht herab. Seltsam, was die Leute so verkaufen wollen, dachte Anton. Das Ding war doch bestimmt zu nichts mehr zu gebrauchen – was immer es mal gewesen sein mochte. Teil einer alten Kaffeemühle? Oder irgendein Werkzeug zum Schnitzen oder Spinnen oder was immer man vor fünfzig oder hundert Jahren damit gemacht haben konnte? Ohne zu überlegen, griff er danach und wog es in der Hand. Auf eine seltsame Weise schien es sehr real zu sein, schwer und fest und beständig. Es fühlte sich gut an.

Jeff beugte sich über seine Schulter.

"Well, what **have** you **found**, Anton?", fragte er freundlich.

"I don't know." Anton wurde rot und wusste nicht, was er sagen sollte. Schweigend reichte er Jeff den Metallring.

"**What on earth** is that?", fragte Jeff. "Do they **really** want money for this?"

Anton wusste, dass es ein Versuch war, nett zu sein. Noch vor einer Sekunde hatte er dasselbe gedacht. Es war ja nicht mehr als ein lächerliches Stück Metall. Aber als es schwer und fest in seiner Hand gelegen hatte ...

"I like it", sagte er zu seiner eigenen Überraschung. Jeff betrachtete ihn verwundert. Anton fügte, um nicht unhöflich zu klingen, schnell hinzu: "Do you know what it is?"

have found hast gefunden
what on earth was in aller Welt
really wirklich

Jeff musterte das Metallstück ernst. "No, I don't", murmelte er. Er drehte den Metallring zwischen den Fingern und hielt ihn hoch. "**Part** of **some machine**, maybe. Or ... I don't know. It could be a **belt buckle**. Just **without** the belt. Something like that."

Er reichte Anton den Ring zurück und zog ein weißes Baumwolltaschentuch aus seinem Jackett, um sich unauffällig die Hände zu säubern.

part Teil
some irgendeiner
machine Maschine
belt buckle Gürtelschnalle
without ohne
that diesen
sure sicher
antique antiker

Vielleicht war Jeffs Idee gar nicht so falsch. Eine Gürtelschnalle. Ja, das wäre möglich – eine uralte Gürtelschnalle, von der das Leder längst abgefallen und verrottet war. Anton fuhr mit den Fingern über die Oberfläche. War das nichts als abbröckelnder Rost? Oder war unter dem Dreck vielleicht ein Muster verborgen?

"Habt ihr was gefunden?", fragte seine Mutter und fuhr ihm durchs Haar. Er hasste das.

"Just an old belt buckle", sagte Jeff fröhlich.

"Uah." Antons Mutter verzog das Gesicht. "Leg das weg, Schatz. Du wirst ja ganz dreckig."

Sie nickte dem Verkäufer zu und zog Jeff am Ellbogen beiseite. "Look at **that** old chair. I'm not **sure**, but it could be an **antique** Chippendale. What do you think?", sagte sie, während die beiden zum nächsten Stand gingen. Anton sah ihnen nach, starrte auf den Metallring in seiner Hand und zögerte. Es widerstrebte ihm, ihn auf den Tisch zurückzulegen.

"Two **pounds**", sagte der Verkäufer "**Make up your mind**, boy."
Zwei Pfund? Zwei Euro fünfzig, dachte Anton, verdammt viel Geld für ein rostiges Stück Metall. Aber er warf das Geld auf den Tisch, schloss seine Hand fest um die Gürtelschnalle und vergrub sie tief in seiner Tasche.

pounds Pfund
Make up your mind. Entscheide dich.
from aus
Germany Deutschland

"Sandra, this is Viviane, my daughter", sagte Jeff und schob seine Tochter ein wenig vor. Antons Mutter hatte ihr nettestes Lächeln aufgesetzt, aber Anton konnte spüren, wie nervös sie war. Und es gab eine Menge an Viviane, das einen nervös machen konnte, dachte Anton. Nicht, dass er sich im Geringsten dafür interessiert hätte, aber selbst er bemerkte, dass sie sehr schön war. Blondes Haar bis weit über die Schultern, große Augen, geheimnisvoll und von tiefem Blau. Von ihrem Vater hatte sie die Größe und die langen, schlanken Hände geerbt. Sie hatte noch nicht einmal eine Zahnspange. Nur auf ihrer Nasenspitze spross rot und glänzend ein winziger roter Pickel.
(Ha!, dachte Anton.)
Sie war fast einen halben Kopf größer als Antons Mutter, die neben Viviane irgendwie farblos wirkte. Jeff lachte grundlos, ein Lachen, das mehr mit Nervosität zu tun hatte als mit guter Laune.
"Viviane, this is Sandra." Er fuhr sich mit der Hand durch die Haare. "A good friend **from Germany**."

Eine gute Freundin, dachte Anton. Wem will er das denn erzählen? Sogar ich habe nur zehn Minuten gebraucht, um zu begreifen, dass das nicht irgendein Freund meiner Mutter ist, sondern ihr neuer Freund und, na ja, Liebhaber. Und ich bin erst zwölf.

"I**'ve invited** her and her son to **spend** the summer with **us** at our house. Isn't that a nice **surprise**?"

Viviane lächelte höflich. Sie sah nicht aus, als ob sie sich über die Überraschung freute. "Hello", sagte sie leise.

"And this is Anton. I hope you'll have lots of fun **together**."

Anton hob die Hand. "Hi."

Das Mädchen nickte knapp.

Seine Mutter knuffte ihn in den Rücken. Er holte Luft, trat einen Schritt vor, streckte die Hand aus und sagte: "Hello, Viviane, nice to **meet** you." Vivianes Hand war so schlaff wie ein toter Karpfen.

"Viviane speaks excellent German. She**'s been learning** it in school for three years **now**. You can **practise** with Anton, Viviane", fuhr Jeff fort und legte den Arm um ihre Schultern. Viviane drehte sich um und betrachtete Anton, als sei er ein besonders haariges Insekt.

(Oh Gott, ich bin eine wandelnde Strafarbeit. Spätestens jetzt wird sie mich hassen.)

"Yes, I'm sure I'm going to have lots of fun", sagte sie mit einem süßlichen Lächeln.

have invited habe eingeladen
spend verbringen
us uns
surprise Überraschung
together zusammen
meet kennenlernen
has been learning lernt
now jetzt
practise üben

Als Jeff Vivianes Taschen zum Auto trug, flüsterte seine Mutter Anton ins Ohr: "Sie ist doch ganz nett, findest du nicht?"
"Mama, bitte ..."
Anton starrte trotzig zu Boden und vergrub seine Hände in den Hosentaschen. Seine Finger schlossen sich um die Gürtelschnalle in seiner Tasche. An einer Stelle hatte der abbröckelnde Rost eine scharfe Kante hinterlassen. Er fühlte einen leichten Schmerz und zog die Hand aus der Tasche. Ein Tropfen Blut quoll aus seinem Finger. Er hatte sich geschnitten.
Wind kam auf und wehte ein Blatt einer Tageszeitung über den Bürgersteig auf Anton zu. Der Boden unter seinen Füßen schien zu zittern. Anton streckte beide Hände aus, um sich an einem parkenden Wagen festzuhalten.
"Ich hoffe, ihr kommt gut miteinander aus, Viviane und du", sagte seine Mutter.
Anton starrte sie an. Spürte sie den Wind nicht?
Aber seine Mutter redete einfach weiter. "Wer weiß, vielleicht wird Viviane eines Tages sogar deine Stiefschwester?"
Anton ließ die Gürtelschnalle fallen.
Seine Mutter lächelte immer noch. "Ich mag sie. Du nicht?"
Anton zog die Schultern hoch und schwieg. Der Wind hatte sich so schnell gelegt, wie er gekommen war. Die Schnalle lag zwischen Kantstein und Autoreifen in einer Pfütze. Er fischte das Stück Metall aus dem Wasser, stieg ins Auto und schlug die Tür hinter sich zu.

A **Visitor** in the Night

Anton fuhr hoch und blinzelte. Das Zimmer lag nicht in vollkommener Dunkelheit, ein bleicher Mond verbreitete ein dämmriges Licht. Trotzdem war die Umgebung ihm fremd, und erst langsam kam die Erinnerung wieder. Er lag auf dem Gästebett im zweiten Kinderzimmer in Jeff Dawkings Ferienhaus. An der Wand erkannte er schemenhaft aussortierte alte Spielsachen von Viviane, ein Puppenhaus, ein Indianerzelt, ein Mobile, ein alter Gettoblaster, ein Regal mit Büchern und Verkleidungssachen.

visitor
Besucher

Da war ein Schatten. Anton zog die Decke enger um seinen Körper. Was da in der Ecke stand, war lebendig. Das Mobile an der Zimmerdecke schwang sacht hin und her, obwohl das Fenster fest geschlossen war. Eine Bodendiele knarzte, als wäre jemand darauf getreten.
Die Haare an Antons Unterarm hatten sich aufgestellt. Er hielt die Luft an. Aus dem Zimmer, in dem seine Mutter schlief, konnte er kaum vernehmlich Jeffs Schnarchen hören. Regentropfen fielen aufs Vordach. Und da war ein Atmen.
Irgendetwas in diesem Zimmer atmete. Leise, aber deutlich zu hören. Anton zog die Füße an seinen Körper und drückte sich gegen die Wand. Ein tierischer Geruch lag in der Luft, nach feuchtem Fell und Erde. So leise wie möglich tastete Anton nach dem Lichtschalter. Seine Finger berührten sein Buch und schoben es zur

Seite, das Handy, einige Muschelschalen ... aber er erreichte den Schalter nicht.
Er wagte kaum zu atmen und schob sich ein wenig näher an die Bettkante. Seine Finger glitten über ein Buch, ein Glas Wasser, seine Zahnspange.
Noch einmal knackten die Bodendielen. Etwas kam näher, es hatte das Bett fast erreicht. Anton tastete verzweifelt nach dem Lichtschalter.
Er bekam die Gürtelschnalle zu fassen, die er am Nachmittag gekauft hatte. Vielleicht konnte er sie als Waffe benutzen?
Dann war es über ihm. Anton riss die Arme hoch, um sein Gesicht zu schützen. Scharfe Krallen bohrten sich durch seinen Pyjama, der Druck auf seiner Brust war fast unerträglich. Anton schrie ... schrie mit aller Kraft ...
Vor seinen Augen wurde es dunkel. Die Wände krümmten sich, als würde alles in einen Strudel gerissen. Anton fiel in ein unendliches Nichts ...

Er schrie noch, als das Wesen mit einem erschrockenen Winseln von seiner Brust sprang und sich auf den Boden hockte.
Es war ein Bär, nur wenig größer als Anton, mit menschenähnlichem Oberkörper und dem massigen Unterkörper eines Bären. Den behaarten Kopf mit der weit vorspringenden Schnauze hatte er zwischen seinen Tatzen vergraben, sein Körper schwankte leise brummend vor und zurück; er sah eher erbärmlich als gefährlich aus.

Anton blickte sich um. Das Bett, Vivianes Zimmer – alles war verschwunden. Er lag auf seinem Rücken im Wald. Unter seinen Händen fühlte er feuchtes Gras und Blätter. Riesige Findlinge waren so dicht mit Moos überwachsen, dass sie aussahen wie grüne Fellklumpen. Auf umgestürzten Bäumen wuchsen farbige Pilze und Blumen mit fleischigen weißen Blättern. Zweige einer Trauerweide schwangen im Nachtwind. Nur der Mond war der Gleiche geblieben, eine bleiche Sichel, deren unteres Ende in einer dünnen Wolkenschicht verschwand. Das Einzige, was Anton hören konnte, war sein eigenes Geschrei.

Stop screaming. Hör auf zu schreien.
too much zu viel
noise Lärm

"**Stop screaming**", sagte eine strenge Stimme. "**Too much noise** is dangerous in this forest."

Anton fuhr zusammen und wurde still. "Wa... was", flüsterte er. "Was ... Wo bin ...?"

"I don't think he speaks English", sagte der Rabe freundlich und hüpfte von seinem Ast auf den Boden. Er legte den Kopf schief und betrachtete Anton aus neugierigen schwarzen Augen.

Anton war wie erstarrt. Hatte der Rabe eben gesprochen? Vorsichtig kroch er ein wenig rückwärts. Der Vogel folgte ihm, blieb aber in sicherer Entfernung stehen. Er räusperte sich und setzte einen Fuß nach hinten.

"*Gwyn hech flewnachr heduur?*", sagte er mit einer tiefen Verbeugung, einen Flügel an die Brust gelegt, den anderen grazil vorgestreckt.

Anton blinzelte verwirrt.
Der Rabe hüpfte ein wenig näher und verbeugte sich erneut. *"Bonjour, Sire. Enchanté de vous rencontrer"*, versuchte er es noch einmal.
Anton schwieg.
"Maybe he's **just stupid**."
Anton fuhr herum, konnte aber nicht sehen, wer das gesagt hatte.
"It is a **human**. Many humans are stupid." Mit einem Sprung landete der, der da gesprochen hatte, dicht neben ihm: eine dünne Gestalt mit langen Fingern und spitzen Ohren, deren Kleidung mit dem Braun der Blätter zu verschmelzen schien. Über seine Schultern hing ein kurzer Jagdbogen, in der rechten Hand trug er ein Schwert. Es war ein männlicher Elf, langgliedrig, mit bleichem, ernstem Gesicht und mandelförmigen Augen, die fast dunkelgrün unter langen Wimpern hervorblickten. Er war das schönste Wesen, das Anton je gesehen hatte. Obwohl er hoch aufgerichtet vor ihm stand, reichte der Elf ihm nur knapp bis zum Knie.

just einfach
stupid dumm
human Mensch

"хорошо' день?", krächzte der Rabe. "Guten Tag, Sire, seid mir gegrüßet?"
Anton zuckte zusammen. "Guten Tag?", wiederholte er fassungslos. "Wa... was ... was soll das?"
"Ah", sagte der Rabe und klapperte zufrieden mit dem Schnabel. "Mich deucht, Ihr seid Germane, Sire. Ein herzliches Willkommen entbiete ich Euch."

Der Elf verbeugte sich ernst, und selbst das Bärenwesen hatte sich erhoben und trottete, neugierig schnüffelnd, näher.

Anton starrte die drei Gestalten reglos an. Alles hier schien echt zu sein, der Wald, das Laub unter seinen Händen, die Stimme des Raben. Selbst der englische Nieselregen, der stetig in den Kragen seines Pyjamas lief. Er bekam einen Stein zu fassen und hob ihn hoch. Er fühlte sich an, wie ein Stein sich anfühlen sollte, schwer und wirklich.

"Ich begreife das nicht", murmelte Anton. "Was ist das alles hier?"

"Mich deucht, Ihr nennet das Stein", sagte der Rabe freundlich. "Stein oder Fels oder Kiesel. **Quite common, actually**. Es ist nicht gefährlich." Er drehte sich zu dem Elf um und fügte leise hinzu: "I don't think he's dangerous. But **I'm afraid** he is an idiot. Just a **barbarian** with a **strange accent**." Er schüttelte sein Gefieder und flog auf einen niedrig hängenden Ast. "**At least** he's **not** screaming **any more**", sagte er zufrieden und begann, sich zu putzen.

"Hey", sagte Anton und rappelte sich auf. Plötzlich fühlte er eine unsinnige Wut in sich aufsteigen. "Hey, I **understood** that. I'm not a barbarian. And I'm not stupid, okay?"

Er hob die Fäuste.

quite ziemlich
common gewöhnlich
actually eigentlich
I'm afraid ich fürchte
barbarian Barbar
strange seltsamen
accent Akzent
at least wenigstens
not any more nicht mehr
understood habe verstanden

Der Elf brachte sich mit einem eleganten Sprung in Sicherheit.
"Please **forgive** us", sagte er feierlich und neigte den Kopf. "**May I introduce myself?** Gwynrych, son of Gwynfrr, **High Prince** of the Elves. You are **welcome** in this forest."
"Anton Schreiber", stammelte Anton und blinzelte verwirrt. Dann neigte er seinerseits den Kopf. "Nice to meet you."
"We **beg your pardon**. We **did not mean to** bring you **here**, Anton Schreiber", fuhr der Elf fort. "It was an **accident**."
"My **fault**, it was my fault", murmelte das Bärenwesen unglücklich. "I'm so sorry."
Es legte seine Arme vor die zottige Brust und ließ die kurze Schnauze hängen. Seine schwarzen Augen blickten schuldbewusst zu Boden.
"Unser Freund war erneut ein wenig ungeschickt", sagte der Rabe zu niemandem im Besonderen und blickte in den Himmel. "Ihr müsst ihm vergeben, er ist halb Magier, halb Getier. Von Zeit zu Zeit" – hier sah er das Bärenwesen streng an – "ist man gezwungen, an den magischen Fähigkeiten zu zweifeln."
"He **grabbed** it", murmelte das Bärenwesen unglücklich. "The **clasp**. He grabbed it. He **would not let** it **go**."

forgive vergib
May I introduce myself? Darf ich mich vorstellen?
High Prince Hoher Prinz
welcome willkommen
beg your pardon bitten um Entschuldigung
did not mean to wir wollten nicht
here hierher
accident Missgeschick
fault Schuld
grabbed hat gepackt
clasp Spange
would not let go wollte nicht loslassen

Gwynrych fuhr auf. "The clasp? He has the clasp?"
Stumm zeigte das Bärenwesen auf Anton, der noch immer auf dem Boden saß. Gwynrych schien aufgeregt. "So it was not an accident! You have the clasp with you? Give it to me!"
"Wh... what are you talking about?", stammelte Anton.
Der Elf hatte sein Schwert erhoben und hielt es an Antons Kehle. Obwohl Gwynrych selbst hoch aufgerichtet kleiner war als Anton im Sitzen, wirkte er plötzlich durchaus bedrohlich.
Anton schluckte, sein Kehlkopf stieß gegen die Spitze des Schwerts. Er konnte spüren, wie seine Haut sich unter der Klinge spannte; die Kälte des Stahls drang ihm bis in die Knochen. Anton beschloss, sich nicht mehr zu bewegen.
Ohne die Waffe von Antons Hals zu nehmen, streckte Gwynrych die linke Hand aus und hielt sie auffordernd vor Antons Gesicht. "The clasp", sagte er ernst. "I do not want to hurt you. But we need the clasp. Give it to me."
Anton starrte ihn bewegungslos an.
"Die Spange. Der Elf spricht von der Spange, die Ihr in Eurer Hand tragt, mein Herr", murmelte der Rabe schnell. "Gebet Sie ihm, Sire, ich bitte Euch."
"We did not want to hurt you", sagte der Elf. "We waited **until** you **were asleep**. **Then** the Bear-Thing **tried to take** it **away**. But you **woke up** ..."

until bis
were asleep geschlafen hast
then dann
tried hat versucht
to take away wegzunehmen
woke up bist aufgewacht

"Ich verstehe nicht ..."
"In Eurer linken Hand, Sire", sagte der Rabe drängend.
Erst jetzt wurde Anton bewusst, dass er noch immer die Gürtelschnalle in der geballten Faust hielt, so fest, dass das Metall sich tief hineingrub. Langsam öffnete er die Hand.
"But it's just an old belt buckle." Er verstummte. In seiner Hand lag eine sorgsam geschmiedete Spange aus gehämmertem Metall. Sie war nicht mehr verrostet, sondern glänzend und aufwändig verziert. Seltsame Buchstaben verschlangen sich zu einem unendlichen Kreis. "**Hang on**", murmelte Anton. "Something**'s happened** ..."
Gwynrych stieß das Schwert nach vorn, die Klinge drang in das Fleisch. Ein winziger Tropfen Blut lief die Schneide herab. Anton fuhr zurück. Er ließ die Schnalle fallen.
Der Elf riss sie an sich. Er steckte das Schwert wieder in die Scheide und zog seinen Umhang enger um die Schultern. Mit einer schnellen Bewegung nahm er den einfachen Verschluss ab, der den Umhang am Hals zusammenhielt, und ersetzte ihn durch Antons Spange.
"Thank you, Sire", sagte er leise. "We **will praise** your name forever. For my **people**, Merlin's clasp is a **treasure** that could not be **bought** with gold."

Hang on.
Warte mal.
has happened
ist passiert
will praise werden preisen
people Volk
treasure Schatz
bought gekauft

"Actually, I **paid** more **than** two euros for it", murmelte Anton bitter. "I **thought** it was quite expensive."
"Unsere Barden werden Euch dafür preisen, mein Herr", sagte der Rabe mit einer tiefen Verbeugung. Der spöttische Glanz war aus seinen Augen verschwunden. "Merlins Erbe ist in die Hände der rechtmäßigen Besitzer übergegangen."
"Merlins Erbe?", fragte Anton.

paid habe bezahlt
than als
thought dachte

"Merlins vier Artefakte", nickte der Rabe. "Das Schwert Excalibur, das alle Feinde erschlägt. Minlung, seine Scheide, die den Besitzer in der Schlacht beschützt und sein Blut stillt. Merlins Ring und Merlins Spange. Das alles ist Merlins Erbe. Wir sind ausgezogen, um Excalibur zu finden. Das Schwert, das alle Feinde erschlägt, um die Welt von dem Bösen zu befreien. Das ist unsere Aufgabe. Excalibur oder der Tod."
"Excalibur?", frage Anton ungläubig. "Das gibt es wirklich? Darf ich es einmal sehen?"
Der Rabe räusperte sich. Dann begann er wieder, sein Gefieder zu putzen.
"We will find it", sagte Gwynrych düster.
"Oh", sagte Anton. "Und den Ring?"
Das Bärenwesen schlug die Tatzen über dem Kopf zusammen.
"We know where to find it", murmelte der Elf.
"Lasst mich raten", erwiderte Anton. "Die Schwertscheide habt ihr auch nicht?"

"We know who has Minlung. The Nöck is telling everyone about his treasure", sagte Gwynrych grimmig.
"But he will not give it to you?", fragte Anton.
Gwynrych schwieg.
"Ist nicht so weit her mit dem Erbe, was?", meinte Anton.
"Ihr sagt es, Herr", entgegnete der Rabe. "Aber die Suche hat begonnen."
"Und was habe ich damit ..."

What's the matter? Was ist los?
feel spüren
drawn to angezogen von
magic Magie

Anton wurde unterbrochen, bevor er den Satz beenden konnte. Das Bärenwesen heulte auf. Wind strich über den Boden, schneidend, kalt. Die Farben verblassten zu einem dunklen Grau. In den Schatten schien sich die Dunkelheit zu sammeln. Mit einem verzweifelten Schrei stieg der Rabe in die Luft. Gwynrych schwankte. Er war so bleich, dass er fast durchscheinend schien. "We must go", murmelte er.
"What? **What's the matter?**", fragte Anton.
"It is coming. The Beast. Can't you **feel** it?", brachte der Elf hervor.
"It is very fast", sagte der Rabe düster. "I did not know it was so fast."
"The clasp ...", wimmerte das Bärenwesen. "It is coming because of the clasp. The Beast is **drawn to** it. It can feel its **magic**."
Anton fuhr herum. Nichts. Nichts war zu sehen. Es war einfach nur kalt und dunkel.
"Can't you feel it?", fragte Gwynrych drängend.

sucks saugt
away fort
magical magischen
beings Wesen
hide sich verstecken
cannot können nicht
by von
almost fast
here hier
own besitzt
anything irgendetwas
resist widerstehen
flee fliehen

"Not really", sagte Anton. "Feel what?"
Der Bär heulte, die Schnauze gegen den Himmel gestreckt.
"It ... It **sucks** the magic **away**. All **magical beings** ... must **hide** ... or run from it", brachte der Elf mühsam hervor.
"But we **cannot** hide", flüsterte das Bärenwesen. "It will know where to find us. It is drawn **by** the magic of Merlin's clasp ... and it is **almost here**!"
"I do feel quite cold", meinte Anton unsicher.
Der Elf starrte ihn misstrauisch an. Dann schien er einen Entschluss zu fassen. Er zog Merlins Spange von seinem Umhang und hielt sie ihm hin. "I need your clasp", brachte er hervor.
"Excuse me?", fragte Anton.
"A clasp. Your belt buckle. Something you **own. Anything.**"
Kalter Schweiß stand auf Gwynrychs Stirn. Er zitterte so stark, dass er kaum zu verstehen war. Anton blickte hilflos an sich herunter.
"I ... I don't have anything", sagte er unglücklich.
"You can **resist** the Beast. We must **flee**, but you can resist it." Die Augen des Elfen glitten über Antons Körper und blieben an seiner Uhr hängen. "Your medallion", Gwynrych zeigte auf Antons Handgelenk. "I need it. Now."

"Meine Uhr?" Anton betrachtete ihn misstrauisch. Diese Uhr bedeutete ihm eine Menge. Er legte sie niemals ab.
"Give it to me." Gwynrych schwankte, er schien sich kaum noch auf den Beinen halten zu können, aber in seinen Augen lag ein gefährliches Glitzern. Er zog sein Schwert und streckte die linke Hand aus. Widerwillig reichte Anton ihm die Uhr. Der Elf gab sie wortlos dem Bärenwesen. Das legte die Hände um beide Gegenstände und murmelte ein paar Worte. Dann reichte es Anton die Spange und schloss dessen Finger darum.
"What are you doing?", fragte Anton verwirrt.
"A **gateway**", flüsterte der Elf. "He **has made** a gateway between your world and ours. It is Merlin's magic. These are the keys."
Anton runzelte die Stirn. "A gateway?"
"All magicians can walk between the worlds. But as a human you need a key."
"A key?"
"You can see ... or you can **travel**", flüsterte Gwynrych. "**As you wish.**"
"Ah", sagte Anton. "Travel." Er verstand kein Wort. Solange er die Uhr nur zurückbekam –
"**Take good care of it. Guard** it with your **life**", murmelte Gwynrych und sah den Jungen beschwörend an. "It will

gateway Tor
has made hat heraufbeschworen
travel reisen
As you wish. Wie du möchtest.
Take good care of it. Pass gut darauf auf.
guard hüte
life Leben

be **safe** with you. I **will come back** and **get** it later." Er legte sich Antons Uhr an dem Armband über seine Schulter, wandte sich ab und rannte los.

Anton geriet in Panik. "Hey, ich brauche diese Uhr. Meine Mutter kriegt eine Krise, wenn ...", rief er ihm hinterher.

Am Waldrand blieb Gwynrych stehen. "We will come back and get it", sagte der Elf. "If you need us, just **call** us."

safe in Sicherheit
will come back werde zurückkommen
get holen
call ruf
send schick
him ihn
home nach Hause
blood Blut

Die Dunkelheit zwischen den Bäumen war jetzt so schwarz wie Tinte. Blätter, Äste, selbst das Fell des Bärenwesens waren mit Raureif überzogen. Gwynrych zitterte, als habe er hohes Fieber. Hinter ihnen im Wald knackten und krachten Äste, als würden ganze Bäume umgeknickt.

"**Send him home**, Bear-Thing", murmelte der Elf und sank auf die Knie. "We must go now. It is almost here."

"But how ...?", rief Anton verzweifelt, als das Bärenwesen mit langen Sprüngen auf ihn zulief. "How do I call you?"

"**Blood** calls for magic", raunte Gwynrych. "Magic calls for blood."

Brüllend rannte der Bär auf Anton zu. Er fiel ...

The Gateway to **Another** World

Schatz?" Hände packten Anton und rüttelten unsanft an seiner Schulter.

"Komm schon, Schatz. Das Frühstück ist fertig", sagte seine Mutter laut. "Jeff ist extra losgefahren, um dir frische Scones und Toast zu besorgen. Und es gibt English breakfast, **bacon** and eggs."

Anton rieb sich das Gesicht und setzte sich auf. Er fühlte sich zerschlagen.

"Alles in Ordnung?" Der Blick seiner Mutter wurde schärfer. "Du siehst ein wenig verschwollen aus."

Anton winkte ab. "Ichinokay. Kommleich." Er zog sich die Decke über den Kopf.

"Anton?" Die Mutter zerrte an der Decke.

"Ich bin ja schon wach."

Als er endlich die Treppe hinunterstolperte, saßen die anderen schon am Frühstückstisch.

"Good morning, Anton!", rief Jeff. "Come and sit down. I hope you like English breakfasts."

"Wow", sagte Anton. Toast und Ei und Speck und dazu noch Würstchen, Tomate und Bohnenpampe – wer sollte das alles essen? Mitten in der Nacht?

"**Half past ten! Somebody slept well** last night", sagte Jeff lachend. "Must be the **fresh air** and the sea."

another einer anderen
bacon Schinkenspeck
half past ten halb elf
somebody jemand
slept hat geschlafen
well gut
fresh frische
air Luft

"Actually, I had a strange **dream**. Very strange", murmelte Anton und nahm vorsichtig einen Bissen Speck. Es schmeckte köstlich, heiß und sehr salzig. Plötzlich merkte Anton, dass er fürchterlich hungrig war. "It had something to do with that thing I **saw** at the flea market yesterday. There was a **talking raven**, and an elf", sagte er mit vollem Mund. "Can you **pass me some more** beans? And a monster **came** ... Something like that."
"You watch too much TV", meinte Antons Mutter.
"Well, but the boy loves to eat. I like that. More bacon?", fragte Jeff.
Viviane stocherte in ihrem Essen herum und sagte gar nichts.
"So, what are your **plans** for today, kids? Do you want to go down to the beach?", wollte Jeff wissen.
(Was für eine dumme Frage. Was sonst?)
"I have to go into the village **first**", wandte Antons Mutter ein. "To buy some suntan lotion, and a pair of sandals. Maybe new shorts for Anton too."
"Sure, **no** problem", meinte Jeff heiter. "Can you pass me the butter, please, Anton?"
"Sure", murmelte Anton und griff über den Tisch. "No problem."
"Anton?", sagte seine Mutter. Ihr Blick war scharf geworden, sie war hellwach. Keine Spur mehr von einem Lächeln. "Anton, wo ist deine Uhr?"

dream Traum
saw gesehen habe
talking sprechender
raven Rabe
pass me mir reichen
some more noch ein bisschen von
came ist gekommen
plans Pläne
first zuerst
no kein

Anton blickte auf sein linkes Handgelenk und sah nichts als einen Streifen heller, fast weißer Haut an einem gebräunten Unterarm. Sein Mund wurde trocken. Die Uhr war verschwunden.
Jeff hatte nicht verstanden, was gesagt worden war, reagierte aber auf ihren alarmierten Tonfall. Er legte seine Hand auf den Arm von Antons Mutter.
"What's the matter, Sandra?", fragte er besorgt. "Has something happened?"
Antons Mutter lachte nervös. "It's nothing. Just his watch. He**'s lost** it. He **never takes** it **off**. It was ... He **got** it from his father. My husband ..." Ihre Stimme wurde leiser. "He was wearing it when he **died**."
Anton starrte auf seinen Teller.
Viviane blickte ihn kurz an, sagte aber nichts.
"Oh, Anton, I am sorry", sagte Jeff ernst. "It must have been very **hard** for you. But wait ..." Jeff sah sich suchend in der Küche um. "You're talking about an old Rolex, **aren't you**? Quite a big thing?"
Antons Mutter nickte.
"I saw it yesterday", fuhr Jeff fort. "Yesterday evening after dinner you **were still** wearing it. And we **didn't leave** the house **after that**. So **don't worry**, I'm sure he'll find it."

has lost hat verloren
never nie
takes off nimmt ab
got hat bekommen
died gestorben ist
hard schwer
aren't you? stimmt's?
were warst
still noch
didn't leave haben nicht verlassen
after that danach
Don't worry. Mach dir keine Sorgen.

Er blinzelte Anton zu. “It sometimes helps if you tidy up your room.”

(Sehr, sehr witzig ...)

“Yes.” Antons Mutter klang erleichtert. “Yes, I’m sure you’**re right**.“

are right recht hast
will remember wirst dich erinnern
works funktioniert

Sie erwähnt Papa nicht gern, dachte Anton. Eigentlich spricht sie nie über ihn.

“Was hältst du davon”, sagte seine Mutter schnell, “ich fahre mit Jeff ins Dorf und besorge die Sachen, und du suchst so lange die Uhr. Dann können wir alle zusammen an den Strand und verlieren keine Zeit, okay? Viviane passt auf dich auf.”

Viviane schob ihren Teller von sich.

“Sure.”

Sie sah nicht sonderlich glücklich aus.

Das Zimmer war nicht unaufgeräumt. Anton hasste Unordnung, und außer dass er seinen Koffer unters Bett geschoben und ein paar Dinge auf den Nachttisch gelegt hatte, hatte er nichts angerührt. Das Puppenhaus, ein Gettoblaster, alte Bücher ... er war noch nicht mal in die Nähe von Vivianes Sachen gekommen. Im Koffer war die Uhr nicht. Nicht dass er erwartet hätte, sie dort zu finden. Anton setzte sich aufs Bett und schloss die Augen. “Just try to think where you saw it last”, hatte Jeff vorgeschlagen. “Maybe then you’**ll remember** where you put it. That always **works** for me.”

Die Erinnerung war klar und vollständig. Das leise Klicken, mit dem der Verschluss sich geöffnet hatte. Anton konnte förmlich spüren, wie die Uhr sich von seinem Handgelenk löste, wie leicht der Arm ohne ihr Gewicht auf einmal gewesen war, und wie nackt. Die Hände des Elfen streckten sich aus und drückten Merlins Spange in seine Hand ...

(Take good care of it. Guard it with your life.)

Unsinn, dachte Anton. Ein Elf – so ein Quatsch! Wahrscheinlich habe ich sie im Bad abgemacht, beim Duschen macht man seine Uhr ab, natürlich. Er lief ins Badezimmer, das zwischen seinem und Vivianes Zimmer lag. Keine Uhr neben dem Waschbecken. Keine Uhr neben der Dusche. Der Spiegelschrank war voll mit Vivianes Zeug: Kajalstifte, Bürsten, Gummibänder, an denen noch ein paar lange blonde Haare hingen, Pickelcreme. Anton schlug die Schranktür zu und blickte plötzlich in seine eigenes Gesicht: das Durchschnittsgesicht eines Durchschnittskindes, mit braunen glatten Haaren, einem großen Mund und einer Nase, von deren Spitze sich nach dem letzten Sonnenbrand ein paar Hautschuppen lösten. Seine Brille war beschlagen von der feuchten Luft im Bad, sie legte einen Schleier über seine Augen. Über die rechte Augenbraue zog sich ein dunkler Streifen. Anton beugte sich vor und schob die Haare hoch. Der Streifen war jetzt deutlich zu sehen. Als er daran rieb, löste er sich sofort auf. Nur ein wenig Schmutz.

Nur ein wenig Schmutz von ... Er runzelte die Stirn. Von was? Er hatte sein Gesicht gestern Abend gewaschen, wie jeden Abend. Anton stand ganz bewegungslos, während sein Atem den Spiegel beschlug. Ein wenig Schmutz von ...

(We did not want to hurt you. We waited until you were asleep. Then the Bear-Thing tried to take it away. But you woke up ...)

Er rannte zurück in sein Zimmer und hob die Bettdecke so vorsichtig an, als erwarte er, eine Vogelspinne oder eine Schlange darunter zu finden. Nichts. Vom Waschen vergilbte Baumwollbettwäsche, bedruckt mit kleinen rosa-gelben Krönchen und Rosen in dunklerem Rot. Die Bettwäsche musste Viviane gehört haben, als sie noch jünger war. Er ließ die Decke erleichtert fallen und zog das Kissen zur Seite.

Auf dem Leintuch lag ein schmales Blatt.

Anton ließ sich auf sein Bett fallen und schloss die Augen. Das war verrückt. Das Ganze ergab keinen Sinn. Das war unglaublich. Schwachsinnig. Die Uhr musste irgendwo herumliegen. Er sprang auf, zog seinen Koffer unter dem Bett hervor und leerte den sauber zusammengefalteten Inhalt auf das Bett aus. Fuhr mit den Händen hinein, drehte den Koffer um und schüttelte ihn heftig. Nichts. Zwischen den Pullis: nichts. In den Hosentaschen: nichts. Antons Hände zitterten.

(Your medallion. I need it. Now.)

Langsam, ganz vorsichtig drehte Anton sich um. Auf dem Nachttisch lag neben seinem Buch und dem Kulturbeutel die verrostete alte Gürtelschnalle. Sein

Herz raste, als sei er gerannt. Er schloss die Augen und konzentrierte sich auf seinen Traum. Dann streckte er die Hand aus.

"It cannot be **far** from here", murmelte das Bärenwesen, während es den Kopf unruhig hin und her wandte. "It smells like ... no ... wait ... yes. Yes! It **reminds** me of **home**. This **way** ... We are almost **there**."
Es watete durch einen Sumpf in einem Wald abgestorbener Bäume. Das fahle Licht, das durch die schwarzen Stämme drang, wirkte kalt und abweisend. Über dem Wasser lag klammer Nebel. Das Bärenwesen trottete auf allen vieren voran, die Nase schnüffelnd im Wind. Seine zottigen Bauchhaare waren verklebt von Schlamm und Schweiß. Gwynrych hatte sich auf seinem Rücken festgekrallt. Von dem sprechenden Raben war nichts zu sehen.

far weit
reminds erinnert
home zu Hause
way Richtung
there da
Beauty Die Schöne

Anton ließ die Gürtelschnalle fallen, als habe er sich verbrannt, und riss die Augen auf. Er starrte auf Vivianes Bilderbücher: ***Beauty** and the Beast. The Lion King.* Sie standen, abgenutzt und mit verknickten Ecken, im Regal, wo eben noch ein Sumpf gewesen war. Anton schloss die Augen. Die Bilderbücher verschwanden und wurden durch die übliche leicht orangefarbene Schwärze ersetzt, die man mit geschlossenen Augen eben sieht.

Augen auf. Kein Sumpf. Nur Bilderbücher. Augen zu ... Antons Mund war trocken. Er hielt den Atem an und griff wieder nach der Schnalle.

Diesmal konnte er auch ihre Schritte hören, das Schmatzen des Schlamms, das leichte Schwappen, mit dem das Wasser gegen die bemoosten Baumstämme schlug. Das Bärenwesen verlor den Boden unter den Füßen und keuchte erschrocken auf, als seine Hinterbeine wegrutschten. Mit seltsam ungelenken Sprüngen kämpfte es sich weiter voran. Es roch nach Wasser und Moos.
Bleich und zitternd wartete Anton auf den Sog, der ihn in die andere Welt reißen würde – aber nichts geschah.

Als er die Augen öffnete, standen die Bücher noch immer im Regal. Unten im Haus rumpelte eine Waschmaschine im Schleudergang. Licht fiel durchs Fenster auf bunt gemusterte Bettwäsche. Anton atmete auf. Wie auf dem Zehnmeterbrett im Schwimmbad, dachte er. Man kann hinunterschauen. Oder springen. Je nachdem, was man will – man hat die Wahl.
Wenn ich mich konzentriere, die Augen schließe und ganz fest daran denke, dann kann ich es sehen. Man kann diese Dinge steuern.
(These are the keys. You can see, or you can travel. As you wish ...)
Noch einmal griff er nach der Schnalle und wartete, bis der Sumpf vor seinen Augen erschien.

"Hello?", rief Anton. Er kam sich lächerlich vor dabei. "Hello? Can you hear me?"
"What do you want?", fragte Vivianes Stimme hinter ihm.
Anton ließ die Schnalle fallen und fuhr herum. Der Sumpf war verschwunden. Viviane hatte ihren Kopf zur Tür hereingestreckt und sah ihn misstrauisch an.
"What do you want?", wiederholte sie.
"Er ... nothing. Nothing", brachte Anton hervor. "I'm just ... Nothing **at all**."
Viviane zog die Augenbrauen zusammen. "You called me", sagte sie störrisch. "I **heard** you."
"I was – I was talking to **myself**", stotterte Anton. "I was just playing."
(Na toll. Sie muss mich für einen vollkommenen Idioten halten.)

at all
überhaupt
heard habe gehört
myself mir selbst
time Mal
sound Ton
turn down
stell leiser
to yourself
mit dir selbst
whatever egal was
touch berühren

"Playing." Viviane hatte jegliches Interesse verloren. "Next **time, turn** the **sound down** when you're talking **to yourself. Whatever** Dad thinks, I'm not your babysitter."
"Sure. Fine. I never thought you were. No problem."
Sie zog die Türe hinter sich zu.
"Viviane?", rief er hinter ihr her. Er lief zur Tür und hielt ihr die Gürtelschnalle hin.
"Can you maybe ... could you just **touch** that?", fragte er. Sein Gesicht fühlte sich heiß an, er spürte, dass er rot

wurde. Er kam sich lächerlich vor, aber er musste es wissen.
Viviane nahm ihm die Schnalle ohne zu zögern aus der Hand.
"Can you ... feel anything? Or see anything **special**?" Seine Nerven waren zum Zerreißen gespannt.
Viviane wog die Schnalle gelangweilt in der Hand. Nichts geschah.
"Is this a joke?", fragte sie und warf sie ihm zu.
"Forget it", murmelte Anton. "It was just an idea."
Viviane wandte sich ab.
"Viviane?" rief Anton ihr hinterher, als sie die Türe schon fast geschlossen hatte.
"Yes?"
"Did you ...", stammelte er. "Did you hear anything last night?"
"Hear what?"
"Something like – I don't know. Talking. Screaming. Or ... a bear **roaring**, maybe?"
"A bear roaring", sagte Viviane trocken, "**Right**. A bear roaring." Sie schüttelte den Kopf. "You know, I think your mother's right. You watch too much TV."

special Besonderes
roaring brüllen
Right. Klar.

Als Anton die Schnalle zum dritten Mal mit der Hand umschloss, war Gwynrych vom Rücken des Bären gestiegen. Er trug den Raben auf seiner Schulter. Mit durchnässten, schmutzverkrusteten Kleidern betrat er einen unterirdischen Gang, der von Fackeln in flackerndes Licht getaucht wurde. Während Anton atemlos zusah, trotteten die Gefährten durch die Düsternis. Je tiefer sie kamen, desto breiter und prachtvoller wurde der Gang. Gestampfte Erde wurde ersetzt durch große, schwarze Steinplatten, das feuchte Mauerwerk der Wände warf den Schein der Fackeln zurück, bis Anton einen langen, glänzenden Gang vor sich sah. Die Türen, die vor ihnen aufsprangen, waren prachtvoll verziert, manchmal öffnete sich der Weg zu großen, hohen Sälen. Sie waren nicht allein, von irgendwoher konnte Anton seltsam kratzende Schritte vernehmen, und heisere Stimmen, die zu flüstern schienen:

Hurry. Beeilt euch.
already schon
mood Laune

"This way, please. **Hurry**. Hurry, he is waiting **already**. And he is not in a good **mood** ..."
Anton beugte sich vor. Er konnte seine Uhr sehen, sie baumelte von Gwynrychs Gürtel und schlug ihm bei jedem Schritt gegen die Beine. Anton blickte sich rasch um. "Gwynrych?", sagte er laut und hoffte, dass Viviane ihn nicht hörte. "Gwynrych? Can you hear me?"
Der Elf blieb stehen und hob den Kopf, als ob er einem weit entfernten Geräusch lauschte. Mit ernstem Gesicht schüttelte er den Kopf. Dann schritt er voran, einen müden, entschlossenen Ausdruck auf den schönen Zügen.
Eine weitere Türe öffnete sich ...
Anton setzte sich aufs Bett und betrachtete die Schnalle in seiner Hand. Er war sicher, dass Gwynrych ihn gehört hatte. Er hatte mit Absicht nicht reagiert. Anton presste die Lippen zusammen.

“Blood calls for magic”, hatte Gwynrych gesagt. “And magic calls for blood.”

Im Badezimmer fand er zwischen Vivianes Sachen, was er suchte: einen rosa Damenrasierer für ihre Beine. Er schloss die Türe hinter sich ab und setzte sich auf den Badewannenrand. Dann ritzte er sich den kleinen Finger auf und ließ einen Tropfen Blut auf die Gürtelschnalle fallen.

“I want my watch”, murmelte er. “Can you hear me, Gwynrych? I want you to come and **give** it **back**!”

give back
zurückgibst

(Das ist völlig schwachsinnig. Hoffentlich hört Viviane mich nicht.)

In den Rohren gurgelte das Wasser. Aus Vivianes Zimmer war Musik zu hören, melodiös und schmalzig, Mädchenzeug. Auf der Straße fuhr mit klappernden Flaschen ein Milchwagen vorbei.

Im Nebenzimmer heulte das Bärenwesen auf.

In the **Palace** of the Bear King

Anton stürzte in sein Zimmer. Gwynrych sprang aus Vivianes Kinderzelt, das Schwert gezogen und einen entschlossenen Ausdruck auf dem Gesicht. Er fiel über den Gettoblaster. Die Füße des Bärenwesens hatten sich in Antons Bettdecke verfangen, knurrend drehte es sich im Kreis in dem Versuch, sich zu befreien. Über ihnen flatterte der Rabe, um dem Mobile auszuweichen. Er ließ sich auf dem Bücherregal nieder und schüttelte die Federn. Einen Augenblick lang war alles still. Nur das Bärenwesen winselte leise.

Gwynrych kam auf die Füße und ließ sein Schwert langsam in die Scheide zurückgleiten.

“This is not the right moment”, sagte der Elf streng.

Er erinnerte Anton an seine Erdkundelehrerin in der fünften Klasse, und am liebsten hätte er gelacht. Dann sah er Gwynrychs Augen und sein Lächeln erstarb.

“Sorry”, sagte er leise. “I tried to call you. But you didn’t hear me.”

Der Rabe schüttelte den Kopf und klapperte mit dem Schnabel.

palace Palast
lead führen

“Please. You have to give me my watch back. My mother saw that I’d lost it, and she ...”

Gwynrych drehte sich um und wandte Anton den Rücken zu. “Bear-Thing, what is happening?” fragte der Elf angespannt, ohne Anton im Geringsten zu beachten.

Das Bärenwesen zuckte zusammen und schloss die Augen.

“They are coming to **lead** us to the king”, flüsterte es

unglücklich. Seine Tatzen zuckten. "We must not **keep** him **waiting**."
"Take us back", sagte der Elf streng.
"**Look**, I'm really sorry", wandte Anton ein. "But if you give me the watch, you can ..."
"We have to **leave**. Now", sagte Gwynrych.
Der Rabe flatterte auf die Schultern des Bärenwesens. "Wir erklären Euch später, was das für eine Bewandtnis hat", rief er Anton zu. "Wir haben eine Audienz beim König, verzeiht. Eine Audienz beim König! Unmöglich, ihn warten zu lassen!"
Einen Augenblick standen die drei Gestalten bewegungslos, dann schienen ihre Körper sich zu verzerren, in die Länge zu ziehen, wie schmelzendes Plastik. Ein Geruch nach Raubtieren und feuchter Erde lag plötzlich in der Luft.
"Wait! I need my watch!", rief Anton. Ohne zu überlegen, streckte er die Hände aus und ergriff Gwynrychs Ellbogen. Der Strudel öffnete sich ...

keep waiting warten lassen
Look. Hör mal.
leave gehen

Sie landeten übereinander auf dem Boden der Höhle, Gwynrych, Anton, das Bärenwesen und der Rabe. Der Bär saß auf Antons Kopf. Er konnte sich kaum bewegen und seine Brille war verrutscht, sodass er den Raum nur undeutlich und verschwommen wahrnahm.
Die Höhle war in warmes, flackerndes Licht getaucht. Kerzenwachs tropfte aus einem Kronleuchter. Die Wände waren mit matten Spiegeln bedeckt, unter denen Stühle

mit fein geschwungenen, goldenen Beinen aufgereiht standen. Sie sahen kostbar und zerbrechlich aus, und erst auf den zweiten Blick erkannte Anton, wie riesig sie waren: so hoch, dass er nur mit Mühe und Not die Sitzfläche erreicht hätte. Am hinteren Ende des Saales schwang eine riesige schwarze Metalltür auf. Neben jedem Türflügel stand, aufgerichtet und auf einen Speer gestützt, ein großer grauer Wolf.

Das Bärenwesen rollte sich schwerfällig zur Seite, und Anton setzte sich auf. Blinzelnd fuhr er mit den Händen über den Fußboden und tastete nach seiner Brille. Wenn nur der Bär sich nicht darauf gesetzt hatte ...

Dann hörte er das Knurren. Anton hob den Kopf.

Die Wölfe, die gerade noch neben der Tür gestanden hatten, krochen geduckt über den Boden auf ihn zu. Ihr Fell war gesträubt und in ihren gelben Augen spiegelte sich das Licht der Fackeln. Ein tiefes Grollen kam aus ihren Kehlen, während sie sich weiter auf Anton zu schoben. Jeder ihrer Zähne war so lang wie einer von Antons Finger und vor ihren Mäulern sammelte sich der Atem wie Nebel. Noch sieben Schritte ... noch drei. Anton konnte ihren Atem spüren.

"Human", flüsterten sie heiser. "A human! **Human meat** ..."

human meat
Menschenfleisch

Ein Wolf sprang. Anton wurde auf den Rücken geworfen, er spürte Krallen auf seiner Brust und bekam keine Luft mehr; vor seinen Augen wurde ein riesiges Maul aufgerissen und heißer Atem strich über seine Kehle.

Das Bärenwesen heulte. Sonst war es still.
Anton kniff die Augen zusammen und wartete auf das Ende.
Nichts geschah. Er blinzelte vorsichtig und blickte nach oben. Direkt über ihm stand der Wolf, die Zähne dicht an Antons Hals. Seine Augen waren glänzend und leer. Nichts geschah.
Beide Wölfe standen so bewegungslos, als wären sie ausgestopft. Mit einem leisen Schrei schob Anton den Wolf, der über ihm kauerte, von sich weg und kroch auf allen vieren rückwärts. Das Tier fiel zur Seite, ohne sich zu bewegen. Seine Beine ragten in die Luft, als wäre er ein weggeworfenes Stofftier. Anton kroch näher und streckte vorsichtig die Hände aus, um seine Zähne zu berühren. Sie waren spitz und gelb. Speichel tropfte nass und heiß von der Zunge.
Gwynrych zog Anton zurück, drückte ihm die Brille in die Hand und half ihm auf die Beine. Mit gerunzelter Stirn starrte er auf die bewegungslosen Wächter. Dann zog er sein Schwert.
"Wake them up, Bear-Thing", sagte er bestimmt.
Der Bär starrte die Wölfe an, einen wilden, beschwörenden Ausdruck auf seinem Gesicht. Eine seltsame Macht schien von ihm auszugehen. Es schien größer geworden zu sein, erwachsener. Halb Tier, halb Magier ... Jetzt schloss es die Augen und wandte sich ab. Die Wölfe begannen, sich zu bewegen. Mit einem scharfen Klacken schloss der eine das Maul. Winselnd und mit eingezogenem Schwanz kamen sie auf die Beine.

"A human", knurrte der Größere der beiden heiser. "Give him to us! Humans **are not allowed** in the palace of the Bear King!"
"Give him to us!", knurrte der Zweite. "We will eat him."
Gwynrych trat vor. Er war so klein, dass die Wölfe den Blick senken mussten. Furchtlos sah er zu ihnen hoch.
"He is one of us", sagte er bestimmt.
Die Wölfe schienen zu zögern.

are not allowed haben keinen Zutritt
guest Gast
will kill wird töten
protected beschützt
himself selbst
tell sagt
whatever was auch immer

"He is one of us!", rief der Elf lauter. "A **guest** of the Bear King!"
"A guest of the Bear King?", knurrten sie.
"He **will kill** you if you touch one of his guests", sagte Gwynrych drohend. "This boy is invited, so he is **protected** by the King **himself**."
Knurrend zogen die Wölfe sich zurück.
"And **tell** your king ...", rief Gwynrych, da wurde er von einem Räuspern unterbrochen. Sie fuhren herum.
Ein Fuchs trat elegant und geschmeidig durch die geöffnete Tür auf sie zu. Er trug einen dunkelblauen Mantel, und um seinen Hals hing die schwere goldene Kette eines Staatsministers.
"**Whatever** it is you want to say, you can tell him yourself. The King will see you now", sagte er mit einer tiefen Verbeugung. Seine Stimme war sanft, seine Geste einladend. Doch Anton bemerkte, dass seine Augen so gelb und kalt waren wie die der Wölfe.

"Es tut mir leid", flüsterte Anton dem Raben auf seiner Schulter zu, als sie durch den langen Saal auf den Thron des Bärenkönigs zuschritten. Die Raubkatzen, die durch den Saal strichen, fuhren zusammen und fauchten, sobald sie Antons menschlichen Geruch witterten. Feindselige Augen folgten ihnen.

"Ich denke, es war wirklich ein unpassender Augenblick. Ich meine, reden wir einfach ein andermal. Ich verstehe das", sagte Anton nervös. "Wenn ihr eine Minute Zeit habt und mich zurückschickt, dann vergessen wir das Ganze. Das mit der Uhr kriege ich schon geregelt. Ich meine, Mama kriegt eine Krise, okay, kein Problem, es gibt Schlimmeres. Also schickt mich einfach zurück und ..."

Die Krallen des Raben bohrten sich in seine Schulter, so fest, dass es anfing zu bluten.

"Schweigt", zischte der Rabe. "Still jetzt! Eure Einsicht kommt zu spät. Man spricht nicht ungefragt in Anwesenheit eines Königs!"

Anton schwieg. Unaufhaltsam liefen sie voran. Überall im Saal waren wilde Tiere. Wölfe mit schweren Helmen und Speeren standen Wache. Raubkatzen strichen unruhig umher. Mit misstönenden Schreien pickten Falken nach Fleischresten, die über den Boden verstreut lagen. Ein Dachs mit einer schweren ledernen Schürze sammelte abgenagte Knochen in einen Korb. Luchse lagen in Höhlen und auf Felsvorsprüngen, sie verfolgten Antons Bewegungen mit scheinbar trägen, gleichgültigen Augen. Nur ihre Schwänze peitschten hin und her.

Der Thron lag im Schatten, und die riesige Gestalt, die darauf saß, schien bis zur Decke des Saales zu reichen. Zu ihren Füßen schimmerte das samtige Rot eines königlichen Umhangs.
Mit jedem Schritt wurden Antons Füße schwerer, sie wogen so schwer wie Blei. Neben ihm trottete das Bärenwesen, den Kopf zwischen die Schultern gezogen und den Blick starr auf den Boden gerichtet. Nur der Gesichtsausdruck des Elfen war so unbewegt wie immer.
Höher und höher ragte der Thron des Bärenkönigs auf. Dann blieb der Fuchs vor ihnen stehen, und auf sein Zeichen hin knieten die vier Gefährten nieder und senkten den Kopf. Dreimal schlug der Fuchs seinen Stab auf den Boden.

At your service. Zu Ihren Diensten.
carnivores Fleischfresser
I am honoured. Es ist mir eine Ehre.

"Gwynrych, High Prince of the Elves", verkündete er.
"**At your service**, my King", murmelte Gwynrych.
Drei weitere Schläge dröhnten durch den Raum. "Kech, the Raven of Merlin", rief der Fuchs, und Anton spürte, wie der Vogel auf seiner Schulter sich tief verneigte.
Der Rabe von Merlin? Der Rabe von Merlin! Hatte er ihn wirklich gekannt? Anton wagte nicht, den Kopf zu wenden, um den Vogel anzusehen.
"High King of the Bears and **Carnivores**", grüßte der Rabe heiser. "**I am honoured** to meet you."
"A human without a name", sagte der Fuchs, und seine Worte ging im Fauchen und Kreischen der Menge unter.

Der Bärenkönig beugte sich vor ins Licht. Anton hob vorsichtig den Blick. Er hatte noch nie ein derart gigantisches Tier gesehen. Schweres, zottiges Fell spannte sich über einen riesigen, spärlich behaarten Bauch. Jede Kralle war so lang wie Antons ganze Hand. Um seine Schultern hing der königliche Mantel aus rotem Samt und schwarz-weißen Hermelinfellen. In den Mäulern der Hermeline konnte Anton noch ihre rosafarbenen Zungen sehen. Um den Hals trug der Bärenkönig eine Kette aus Gold und Schädeln, und eine kleine Krone mit einem einzelnen roten Rubin saß auf seinem mächtigen Kopf. Bösartige schwarze Augen blinzelten aus einem klugen, brutalen Gesicht.

Der Fuchs schlug seinen Stab dreimal auf den Boden.

"The **Useless** and **Unwanted** Bear-Thing", sagte er gleichmütig.

useless nutzlose
unwanted unerwünschte

Das Bärenwesen senkte den Kopf noch tiefer. Seine Stimme war kaum zu vernehmen, als es sprach.

"Father", sagte es.

The Bear King's **Challenge**

"Come here", knurrte der König, mit einer Stimme, die klang wie große Steine, die in einem Fluss rollen. "Let's look at you." Er winkte das Bärenwesen mit der rechten Tatze heran, und Anton sah, dass an der kleinsten Kralle ein goldener Reif schimmerte: Merlins Ring.

Schlotternd und elend schlurfte das Bärenwesen mit gesenktem Kopf nach vorn. Der König schnaubte verächtlich.

"Weak and useless, as always", stellte er fest. Das Bärenwesen zog den Kopf noch tiefer zwischen die Schultern und schwieg.

"Well, what do you want?", fuhr der Bärenkönig seinen Sohn an und ließ sich gelangweilt gegen die Rücklehne seines Throns fallen. Das Bärenwesen atmete schwer, brachte aber keinen Ton heraus.

"Say what you want or run back to your mother. You **are wasting** my time", sagte der König gereizt.

challenge Herausforderung
weak schwach
are wasting vergeudest

"W...", stotterte das Bärenwesen. Seine Stimme versagte. "W... www... we ..."

Alle hielten den Atem an.

Der König beugte sich vor. "Wwwwwwww?", rief er. "Wwwwww?"

Sein Hofstaat brüllte vor Lachen. Die Wölfe heulten heiser. Bären schlugen sich gegenseitig so heftig auf die

Schultern, dass ihre Stühle dröhnend zu Boden fielen. Frettchen sprangen ausgelassen über die Tische und hielten sich, hysterisch kichernd, die Bäuche. Nur der Dachs mit dem Korb drückte sich in eine Ecke und senkte den Kopf.

wimp Schwächling
disgrace Schande
coward Feigling
are embarrassing bringst in Verlegenheit
in front of vor
royal königlichen
household Hofstaat

"Ist das wahr?", flüsterte Anton dem Raben auf seiner Schulter zu. "Ist er wirklich der Sohn des Bärenkönigs?"
"Sehr wohl, Sire", krächzte der Rabe. "Doch leider vermag der König sich nicht daran zu freuen. Er hält seinen Sohn für einen Schwächling und Narren."
"Aber gerade eben – als die Wölfe mich angegriffen haben ..."
Der Rabe hob die Flügel. "Der Bärenkönig hält nichts von Magie. Er hatte sich einen Sohn gewünscht, der wegen seiner Stärke gefürchtet wird. Der gerne Fleisch frisst und rohe Witze versteht. Ich fürchte, das Bärenwesen ist eine schreckliche Enttäuschung für ihn."
"**Wimp**", sagte der König abfällig. "**Disgrace**."
Das Bärenwesen zuckte zusammen und zog den Kopf tiefer zwischen die Schultern.
"You useless **coward**, run back to your mother and hide behind her magic. You **are embarrassing** me **in front of** the **royal household**."
Das Bärenwesen hob den Kopf und starrte seinen Vater an. Es wirkte wie versteinert. Nur die Brust, die sich schnell hob und senkte, verriet seine Anspannung.

Der König beugte sich vor. Er betrachtete seinen Sohn mit einem Ausdruck des Ekels. Dann bohrte er seine Krallen in die Lehnen des Throns, bis das Holz splitterte, und fing an zu brüllen.

"**How dare you even speak to me in public**?"

Anton hätte am liebsten zurückgeschrien.

(Er hat mir das Leben gerettet! Ohne ihn wäre ich tot!)

Das Bärenwesen taumelte. Noch einmal öffnete es den Mund, um zu sprechen.

"W... we ... wa... wa... want", stammelte es.

Der König hob die Hand.

Schlagartig herrschte Stille im Saal.

Das Bärenwesen schloss die Augen und versuchte es weiter. Langsam wurde seine Stimme kräftiger. "We want. The Ring. We want Merlin's Ring", brachte es hervor und trat dann mit zwei schnellen Schritten zurück neben seine Freunde.

"We are asking **your Highness** for your **support** in our **quest** for Merlin's magic **weapons**", sagte Gwynrych ruhig. "It **would be** an **invaluable help** if you would give us the ring for a short time."

Der König musterte den Elf.

"Gwynrych, isn't it? A **pathetic** elf with strange ears and a human for a friend", knurrte er abfällig. "Why

how dare you wie kannst du es wagen
even auch nur
speak to me mich anzusprechen
in public in der Öffentlichkeit
your Highness Eure Hoheit
support Unterstützung
quest Suche
weapons Waffen
would be wäre
invaluable unschätzbare
help Hilfe
pathetic jämmerlicher

more powerful mächtiger
secrets Geheimnissen
powers Kräfte
darkness Dunkelheit
bite Bissen
trust traue
knights Ritter
has sworn hat geschworen
defend verteidigen
true wahr
once einst
belonged to gehörte

do you think I would even think of giving you my treasure?"
"My friends are **more powerful** than they look", sagte Gwynych. "Kech, the raven, knows many of Merlin's **secrets**. Your son has magic **powers**."
Der König lachte schnaubend.
"And this human ...", Gwynrych trat einen Schritt zur Seite und zeigte auf Anton, " ... this boy can resist the Beast. The magic **darkness** cannot hurt him."
"I could eat him in one **bite**", knurrte der Bärenkönig. "Maybe I should eat him. I don't **trust** humans."
"This boy is one of your son's **knights**", log Gwynrych schnell.
Der König schnaubte.
"He **has sworn** to **defend** our world with his life", sagte der Elf würdevoll.
Die bösen kleinen Augen des Königs musterten Anton feindselig. Er beugte sich vor. "Is this **true**?"
Antons Mund war trocken. "Er – yes", brachte er hervor. "Sure. With my life. Yes. Your Highness."
"And the clasp he owns **once belonged to** Merlin", erklärte Gwynrych, während Anton die Spange aus der Hosentasche zog und sie dem König zeigte.
Der Blick des riesigen Bären wurde stechend, Anton konnte sehen, wie seine Krallen auf den Thronlehnen sich öffneten und schlossen.

"We have to **fight** the **evil** that **is threatening** our world", fuhr Gwynrych fort, als habe er es nicht bemerkt. "If we do nothing to stop it, we will all be **lost**. We are on a quest to find Excalibur, the sword that wins every **battle** and kills every **enemy**. The only weapon in this world that can fight the Evil."

Der Bärenkönig starrte Gwynrych aus zusammengezogenen Augen an und schwieg.

Der Elf hielt seinem Blick stand, und mit ruhiger Stimme fuhr er in seiner Erklärung fort.

"Every day the dark **creatures are gaining** more and more power. They **are starting** to speak. The dragon from Loch Ness. The Wild **Boar** of the North. The snake of Ingwerness. And they are not staying in their forests any more. A monster **attacked** the market in Edinburgh and killed seventeen **dwarves**. Everyone is afraid ..."

"We are *bears*", brüllte der König. Er hatte sich nach vorn gebeugt, seine massige Gestalt ragte wie ein Berg über dem Elf auf. "We are powerful! We are not *afraid*!"

Gwynrych war bleich geworden. Der Bärenkönig in seiner rasenden Wut war ein furchterregender Eindruck.

"It **is growing** every day. And something is taking our magic away", sagte er tapfer.

fight bekämpfen
evil Böse
is threatening bedroht
lost verloren
battle Schlacht
enemy Feind
grow werden
creatures Geschöpfe
are gaining gewinnen
are starting fangen an
boar Eber
attacked hat angegriffen
dwarves Zwerge
is growing wächst

"**So what?**" Mit einem hämischen Lachen ließ der Bär sich zurück auf seinen Thron fallen. Ungeduldig winkte er den Dachs heran, der ihm einen Becher Wein einschenkte. "Let the monster eat dwarves and elves and magicians", sagte er gelangweilt. "**I don't care about dead** magicians."

So what?
Na und?
I don't care about ...
... sind mir egal.
dead tote

(Es ist hoffnungslos. Der König denkt gar nicht daran, uns zu helfen. Merkt Gwynrych das nicht? Wir werden den Ring niemals bekommen.)

"There was a magician you once loved", sagte Gwynrych leise.

Zischend sog der Bärenkönig die Luft ein. Im Saal wurde es still. Alle Augen waren starr und feindselig auf den kleinen Elfenprinzen gerichtet. Die Frettchen duckten sich und wagten nicht, sich zu bewegen. Wölfe, Füchse und Katzen erstarrten. Der Dachs rannte mit wippendem Schwanz so schnell davon, dass er Stühle und Tische umstieß.

Die Wölfe stürzten auf Gwynrych zu und packten ihn grob. Mit gebleckten Zähnen warfen sie ihn auf den Boden, bis er halb ohnmächtig vor dem Thron lag. Blut lief über seine Stirn. Die Haare in Antons Nacken stellten sich auf.

"Was ist passiert?", flüsterte er dem Raben auf seiner Schulter zu.

"Die Mutter des Bärenwesens ist eine Magierin", krächzte Kech leise. Anton konnte spüren, dass er zitterte. "Sie hat ihn verlassen. Deshalb hasst er seinen Sohn, er erin-

nert ihn an sie und an seinen Verlust. Er hat sich geschworen, nie wieder an sie zu denken. Jeden, der es wagte, ihren Namen zu erwähnen, hat er aufgefressen."
Der Bärenkönig neigte sich vor und packte den Elf. Mit einer Kralle zog er Gwynrych an seiner Kleidung hoch, bis er über seinem mächtigen Schädel baumelte. Er riss das Maul auf –
"I **demand** the **right** to fight for my father's **kingdom**", rief das Bärenwesen, und seine Stimme klang jetzt hell und klar durch den Raum.

demand fordere
right Recht
kingdom Königreich

Sie schraken zusammen. Aller Augen richteten sich auf den Bär. Gwynrych war vergessen, achtlos ließ der König ihn fallen.
"What did you say?", fragte er seinen Sohn knurrend.
Das Bärenwesen schluckte und schloss die Augen. Anton konnte sehen, dass es am ganzen Körper zitterte.
"I demand the Right of Hechneduur", sagte es.
Und das Wutgebrüll des Bärenkönigs ließ den Palast erzittern, bis selbst die Luchse und Wölfe ihre Schwänze einzogen und in die dunkelsten Ecken krochen, um sich zu verstecken.

"Ich begreife nichts", raunte Anton dem Raben zu. "Kannst du mir erklären, was los ist?"
Ohne ein weiteres Wort, ohne jegliche Erklärung hatte man die Gefährten in einen Nebenraum geführt und sie angewiesen zu warten.

Und sie warteten. Kech lief nervös auf und ab. Eingeschlossen unter der Erde, fühlte er sich unbehaglich und hilflos. Das Bärenwesen hatte die Hände um die Brust geschlungen und wippte unglücklich hin und her. Es bot ein Bild des Jammers. Nichts von seiner magischen Stärke war noch zu bemerken und auch nichts von dem Mut, mit dem es die Wut seines Vaters auf sich gezogen hatte, um einen Freund zu retten. Gwynrych hockte neben ihm. Hat er es geplant?, überlegte Anton. Hat er den Bärenkönig in Wut versetzt, damit – damit was?

"Und das ist alles?", fragte er. "Die ganze Aufregung ... und jetzt lassen sie uns einfach hier sitzen? Das war's?"

"Das war es?", krächzte Kech kopfschüttelnd. "Das war es? Mein armer Freund, ich fürchte, die Geschichte hat soeben erst begonnen. Zumindest", fügte er mit einem Blick auf das Bärenwesen hinzu, "zumindest, was unseren unglücklichen Freund hier angeht." Er schüttelte die Flügel aus und seufzte. "Und mich deucht, es wird kein gutes Ende nehmen."

Anton schauderte.

"The Right of Hechneduur", sagte der Rabe versonnen.

"Yes?", fragte Anton.

"Das Recht von Hechneduur", krächzte Kech. Das Bärenwesen blickte erschrocken auf. Sanft legte Gwynrych ihm seine kleine Hand auf die Tatze.

"Es ist altes Recht, uraltes Recht, aus lang vergangener Zeit, bevor die Magier die Tiere das Sprechen lehrten", erklärte der Rabe. "Bei seiner Ehre hatte der König keine Möglichkeit, die Herausforderung abzulehnen."

Anton beugte sich vor. “Heißt das, wir können den Ring bekommen?”
Kech lachte heiser. “Es geht nicht mehr um den Ring, Sire. Für den König geht es jetzt um alles, um Ehre, Vermögen, um sein ganzes Königreich. Sein Sohn hat ihn herausgefordert.”
“Er muss mit seinem Vater kämpfen?” Anton wurde bleich.
Das Bärenwesen hatte nicht den Schatten einer Chance. Sein Vater war mehr als zehnmal so groß und ausgesprochen mordlustig.
Aber Kech schüttelte den Kopf. “Welch Freude dem König das bereitet hätte! Er hätte seinen Sohn zum Frühstück gefressen und die Reste an seine Wölfe verteilt, zur Belustigung aller. Nein. Er ist gebunden durch das Gesetz der Alten.” Kech wiegte den Kopf. “In früherer Zeit kämpften die männlichen Tiere um Herrschaft und Thron. In eurer Welt tun sie das heute noch. Allerdings gab es dabei einen entscheidenden Nachteil für das Reich, um das gestritten wurde.”
Anton nickte. “Wenn man Pech hat, sind hinterher beide tot oder verwundet”, sagte er.
“Ihr habt die Bedeutung erfasst. Wenn jetzt ein Sohn seinen Vater herausfordert, so ist der König gezwungen, ihm eine Aufgabe zu stellen. Erfüllt der Sohn diese Aufgabe, so verdient er die Krone und ist fortan König des Reichs, all seiner Ländereien, Schätze und Güter. Einschließlich Merlins Rings. Scheitert er, hat er alle Rechte für immer verwirkt.”

“Er wird enterbt”, sagte Anton erleichtert. “Stimmt’s? Der Sohn ist enterbt, aber wir können immerhin gehen.” Er sah das Bärenwesen an. “Vielleicht hat er Glück! Hast du dich hier einmal umgesehen? König zu sein in so einem Reich – also, ich weiß nicht.”
Zu Antons Überraschung schüttelte der Rabe den Kopf. “Er verliert nicht nur sein Erbe. Er verwirkt sein Recht, zu sein. Sobald die Aufgabe gestellt ist, erhält der Sohn freies Geleit bis an die Grenzen des Reichs und einen einzigen Tag. Ist die Aufgabe dann nicht gelöst, ist er von da an geächtet und vogelfrei: Jedes Tier darf ihn verfolgen, jagen oder töten, ohne eine Strafe zu fürchten. Für immer und bis an das Ende seines Lebens.”
“Seines sehr kurzen Lebens?”, murmelte Anton, und der Rabe nickte ernst.
“Und was für eine Aufgabe ist das?”, fragte Anton.
“Wir wissen es nicht. Wir warten. Noch hat seit ewigen Zeiten niemand gewagt, den Bärenkönig herauszufordern. Aber was immer der König befiehlt, das Recht von Hechneduur besagt, dass die Aufgabe lösbar sein muss. Der König darf nichts Unmögliches verlangen, und er muss die Herausforderung annehmen.” Die Augen des Raben funkelten. “Ein liebender Vater könnte sich einen Kelch Wein bringen lassen, als Symbol der Übergabe der Macht. Ein strenger Vater stellt eine schwere Aufgabe, um den stärksten und geschicktesten seiner Söhne zu finden. Aber der Bärenkönig ...”
Im Gang vor der Tür waren Schritte und Schwertergeklirr zu hören. Mit langen Sprüngen hüpfte der Rabe

zur Tür. "Der Bärenkönig in seiner Wut wird versuchen, seinen Sohn zu ermorden."
Anton sah auf seine Uhr, die an Gwynrychs Gürtel hing. Er hörte das Geräusch von Krallen, die über den Steinboden kratzten. Und von weither die Stimme seiner Mutter, die im Treppenhaus rief: "Anton? Bist du so weit, Schatz? Wir wollen los!"
Anton sprang auf.

just gerade
had to musste
some etwas
mean meine

"What is the matter?", fragte Gwynrych.
"Meine Mutter ruft mich. It's my mum", stotterte Anton unglücklich. "She's **just** come home from the – supermarket – the market – she **had to** buy **some** suntan lotion and stuff, and now she's looking for me."
Das Kratzen vor der Tür hielt an. Ein Stab schlug schwer gegen das Holz.
Gwynrych runzelte die Stirn. "You have to go?"
"Yes", sagte Anton. "No. Of course not. I **mean**, yes, I should go, but they're coming ... I don't know. Yes."
"Hear the answer of the High King of the Bears and Carnivores, useless and unwanted Bear-Thing!", rief eine Stimme von draußen. Das Bärenwesen starrte zu Boden.
"I mean, no", sagte Anton.
Schweigend zog der Elf die Uhr von seinem Gürtel und reichte sie Anton im Austausch gegen die Schnalle.
Wieder schlugen die Gesandten des Königs gegen die Tür. Putz rieselte in einer feinen Wolke aus der Wand, und das Holz zitterte. Anton hob die Hand.

"No, look, forget my mother. I'll ..."

"We will not forget you, Anton Schreiber", sagte Gwynrych ernst. "And we **thank** you for your **bravery** and support. But your **duty** here in this world is **done**." Er verbeugte sich tief. Der Elf trat vor und legte dem Jungen die Uhr um. Anton spürte das vertraute Gewicht an seinem Handgelenk. Für einen Moment hatte er das Gefühl, aus einem Traum zu erwachen.

thank danken
bravery Mut
duty Pflicht
done getan
Farewell. Leb wohl.

"But wait ...", stammelte er.

"**Farewell**, Anton Schreiber", krächzte der Rabe.

"I am sorry", brummte das Bärenwesen und setzte auf ihn zu.

Das Letzte, was Anton sah, war die schwere Türe, die sich langsam öffnete. Eine riesige Pranke drückte sie auf –

The **Promise**

Anton?”
Er lag eingeklemmt im Dunkeln. Die Stimme seiner Mutter schien von weither zu kommen. Ein spitzer Gegenstand presste sich gegen seinen Rücken, über seinem Gesicht lag eine Augenbinde. Er konnte nichts sehen und sich nur schwer bewegen. Er rührte sich nicht und lauschte. Nichts geschah. Nur das entfernte Klopfen schien lauter zu werden. Sollte er es wagen, seiner Mutter zu antworten?
Seine Finger tasteten über Holz. Lag er in einer Kiste? Und in welcher Welt? Was war da in seinem Rücken? Vorsichtig griff er hinter sich und bekam einen kalten, scharfen Gegenstand zu fassen. Metall. Ein Schwert? Ein Messer? War es auf ihn gerichtet? Anton dachte an die Pranke, die sich durch die Tür geschoben hatte, schwarz und haarig, und er fröstelte. Er wagte kaum, sich zu bewegen, und lauschte in die Dunkelheit. Bis auf die Stimme seiner Mutter und sein eigenes Atmen war kein Geräusch zu hören.
Vorsichtig tastete er weiter, bekam das Metall zu fassen und zog daran. Seine Finger fuhren über eine lange Kante, scharf, aber nicht schneidend, und zu breit, um ein Messer zu sein. Ein Werkzeug? Wem gehörte es?
“Anton? Bist du da drin?”, rief seine Mutter.
“Ich komme jetzt rein.”
“Eine Sekunde!”, brüllte Anton, so laut er konnte, und hoffte, dass seine Mutter ihn

promise
Versprechen

hören würde – wo immer er war. Verzweifelt presste er sich gegen den Kasten, in dem er lag. Er zog fester an dem Ding in seinem Rücken, das Tuch über seinem Gesicht nahm ihm den Atem. Es war nass vor Schweiß. Er schob das Tuch zur Seite, bis er ein Auge frei bekam, und zog und zerrte an dem Metallstück.

"Anton?!"

Grelles Licht fiel auf sein Gesicht, und seine Mutter beugte sich über ihn.

Anton sah an sich herunter und blinzelte. Er lag zusammengekrümmt im Schrank in seinem Gästezimmer, die Knie gegen das untere Brett gepresst. In der Hand hielt er einen von Vivianes Schlittschuhen. Die Augenbinde war eine Strumpfhose, die sich um seinen Kopf gewickelt hatte.

Seine Mutter starrte ihn verblüfft an.

"Was um alles in der Welt tust du da?", fragte sie.

So würdevoll wie möglich zog Anton sich die Strumpfhose vom Kopf. Er wünschte, das Bärenwesen könnte punktgenauer landen, wenn es zwischen den Welten hin- und herwechselte.

"Ich hab sie!", rief er und zeigte auf die Uhr an seinem Handgelenk. "Ich hab sie gerade hier im Schrank gefunden. Jeff hatte recht – *it helps if you tidy up your room.* Wir können gehen."

Antons Mutter sagte nichts. Sie starrte mit weit aufgerissenen Augen auf sein Zimmer. Anton blickte sich vorsichtig um. Es bot ein Bild der Verwüstung. Der Kofferinhalt war auf dem Bett ausgebreitet. Das Indianerzelt

war gegen das Regal gekippt, Bücher und Kassetten lagen aufgeklappt über den Boden verteilt. Das Mobile war zerrissen und hing traurig an einem letzten Faden von der Decke. Die schlammigen Fußabdrücke des Bärenwesens waren auf dem Teppich deutlich zu sehen. Anton schob unauffällig das Zelt darüber.
"Also – ich bin fertig", sagte er fröhlicher, als ihm zumute war. "Let's go."
Aber seine Mutter schüttelte den Kopf. Sie ging mit steifen Beinen zu seinem Bett und ließ sich darauf sinken. Sie setzte sich in einen riesigen matschigen Fleck, den das Bärenwesen auf der Decke hinterlassen hatte, und bemerkte es nicht.
"Ich räum das nachher wieder auf", sagte er. "Können wir jetzt gehen?"
Seine Mutter sah ihn an.
"So kenne ich dich gar nicht. Was ist denn um Gottes willen los mit dir?"
Anton blinzelte. "Was meinst du?"
"Ich kann verstehen, dass diese Situation ... mit Jeff und Viviane ... Ich meine, ich verstehe, dass das nicht die Ferien sind, die du dir vorgestellt hast."
Er setzte zu einer Erwiderung an, wurde aber unterbrochen.
"Aber das hier ...", fuhr seine Mutter fort und zeigte auf das Chaos zu ihren Füßen.
"Warte", sagte Anton. "Ich kann das erklären."
Seine Mutter verschränkte die Arme vor dem Körper.
"Da bin ich aber gespannt."

"Mit Viviane und Jeff hat das gar nichts zu tun", sagte er matt. "Überhaupt nichts. Wirklich."
Antons Mutter blickte sich misstrauisch um. Sie sah den Dreck auf der Bettdecke und zog die Augenbrauen hoch, verschränkte die Arme vor dem Körper und sah ihn böse an. "Mein Lieber, ich habe das Gefühl ..."
Sie wurde von Jeff unterbrochen, der fröhlich durchs Treppenhaus rief. Zum ersten Mal war Anton froh, dass es ihn gab.
"Are you up there, Sandra?"
"I'm in Anton's room. I'll be down in a minute, **darling**! **No need to** come up!", rief sie schnell.
Aber Anton konnte seine Schritte bereits auf der Treppe hören. Seine Mutter sprang auf und lief zur Tür. Sie öffnete sie nur einen Spalt breit.
"Everything **all right** in there?", fragte Jeff gut gelaunt.
"Wonderful", sagte sie. "We'll be with you in a minute. Anton's found his watch. It was in his room, you were right."
"I always am, aren't I?", lachte Jeff. Anton verdrehte die Augen. "Well, losing things **makes them** tidy up their rooms **now and then**. They hate **to admit** it, but I **bet** he did tidy up, didn't he?"
"Er – yes", sagte Antons Mutter matt.
"It looks **a lot** better now, doesn't it?", fragte er fröhlich.

darling Liebling
no need to ... kein Grund zu ...
all right in Ordnung
makes them zwingt sie dazu
now and then ab und zu
to admit zuzugeben
bet wette
a lot viel

"Yes, it does. Perfect", sagte Antons Mutter fest, schloss die Tür und lehnte sich mit dem Rücken dagegen.

"Ich hätte gerne eine Erklärung, Anton", sagte sie, als Jeff die Treppe wieder hinunterging. "Ich weiß nicht, was du in diesem Zimmer veranstaltet hast, und ich glaube, ich will es auch nicht wissen. Aber ich möchte mich darauf verlassen können, dass so etwas nicht noch einmal passiert."

Anton schwieg. Was sollte er auch sagen? Er hatte versprochen, das Leben der Gefährten mit seinem Leben zu verteidigen.

"Anton?", fragte seine Mutter.

Er starrte auf den abgewetzten Teppich – ein herzförmiger Teppich mit rosa Rosen, der jetzt nach Schlamm und Moder roch. Anton schwieg.

Hatte Gwynrych nicht gesagt, dass seine Aufgabe in ihrer Welt beendet war?

Ihm fiel ein, wie das Bärenwesen – *the useless and unwanted Bear-Thing* – vor seinem Vater gekniet und den Mut aufgebracht hatte, für seine Freunde einzutreten. Anton dachte an die Fänge des Wolfs, die nach seinem Hals geschnappt hatten, an die Stimmen, die raunten: *Human. He is human. Give him to us ... we will eat him ...*

Er schlang die Arme um seinen Körper. Ihm war kalt. Er zweifelte nicht einen Augenblick daran, was mit ihm geschehen wäre: Die Wölfe hätten ihn zerfleischt. Das Bärenwesen hatte ihm ohne zu zögern das Leben gerettet.

Er schuldete seinen seltsamen neuen Freunden Vertrauen. Aber er musste seine Mutter einweihen. Was war, wenn er Hilfe brauchte? Wenn sie in diesem Zimmer einen Bären vorfand? Wenn es um mehr ging als um eine verdreckte Bettdecke?

"Ich ... also, das ist jetzt ein wenig schwierig", stammelte er.

"Versprich es mir einfach", sagte seine Mutter streng.

"Ich verspreche, dass ich es versuchen werde", murmelte Anton.

Aber Mütter sind schlau. Sie hatte aufgepasst. "Das reicht mir nicht, Anton", sagte sie ernst. "Versprich mir, dass sich so etwas nie wieder wiederholt."

Anton schwieg. Das konnte er nicht.

Sie stand auf und ging zum Fenster. Minutenlang starrte sie wortlos hinaus. Die Stille lag so drückend im Raum, als habe sie tatsächlich ein Gewicht.

"Ich weiß, dass Jeff nicht der Vater ist, den du dir gewünscht hast, Anton", begann seine Mutter.

"Das hat nichts mit Jeff zu tun", protestierte Anton. Aber sie hörte ihm nicht zu.

"Ich liebe dich mehr als alles andere auf der Welt", fuhr sie fort. "Das weißt du. Aber das hier – die Sache mit Jeff – das ist sehr wichtig für mich. Du bekommst deinen Vater nicht zurück, wenn du hier ein Chaos anrichtest und versuchst, Jeff oder Viviane wütend zu machen, Anton. Du bekommst ihn nicht zurück. Er ist tot."

Anton starrte auf diesen idiotischen Teppich und biss die Zähne zusammen. Er war wütend. Natürlich war sein

Vater tot. Für wie blöd hielt seine Mutter ihn eigentlich?
"Er war ein toller Vater", fuhr sie fort. "Er war groß. Und stark. Und unglaublich lustig. Seit du laufen konntest, bist du ihm hinterher gerannt. Du hast ihn bewundert. Er war der tollste Papa der Welt – wenn er da war."
Anton sagte nichts.
"Aber er war nicht oft da."
Anton vergrub die Hände in den Taschen. So hatte sie noch nie über seinen Vater geredet.
"Als du geboren wurdest, war er nicht da", sagte sie leise. "Er wollte schon kommen, auf jeden Fall, aber leider hing er auf einem Flughafen in Indien fest. Er war in Südamerika, als du Masern hattest, und als ich mit der Blinddarmentzündung ins Krankenhaus musste und nicht wusste, wohin mit einem Baby, da war er in Spanien. Er war nicht da, als du das erste Wort gesagt hast oder stehen gelernt hast oder zum ersten Mal allein geschaukelt hast oder ins Wasser gesprungen bist. Er war nicht da, Anton."
"Es war sein Job", verteidigte Anton ihn mürrisch.
"Andere Leute haben auch Biologie studiert", sagte seine Mutter müde. "Aber sie arbeiten als Lehrer oder beraten die Regierung oder planen Waldwege. Nicht jeder Biologe kriecht auf allen vieren durch den Regenwald, um eine neue Spinnenart zu entdecken. Egal, wie abenteuerlich und toll das klingt."
Anton schwieg.
"Jeff ist vielleicht nicht so ..."

Sie hob die Hände. “So cool. Ich kann verstehen, dass du lieber einen Vater hättest, der im Himalaya klettert, statt Vorstandsvorsitzender einer kleinen Privatbank zu sein. Ich weiß, dass es langweilig klingt, wenn man morgens mit dem Auto zur Arbeit fährt statt mit dem Kanu.”

Einen Moment lang war es ganz still.

“Aber ich weiß, dass Jeff zurückkommt”, fuhr seine Mutter schließlich fort. “Dass er jeden Abend in seinen Wagen steigt, und dann kommt er zurück. Vielleicht verspätet er sich eine halbe Stunde, aber es ist egal, weil ich weiß, dass es der Stau an der Baustelle ist und kein Schlangenbiss oder Erdrutsch oder Bürgerkrieg oder sonst noch was. Ich weiß, dass er heimkommt, Anton. Ich weiß, dass er lebt. Verstehst du das?”

Anton nickte stumm. Sie legte die Arme um ihn. Es war ihm ein wenig peinlich; er war ja kein Kind mehr – zumindest kein Baby.

Sie verstrubbelte seine Haare und lachte leise.

“Jeff ist gar nicht so schlimm, wie du denkst”, sagte sie. “Wirklich. Er ist ein ziemlich guter Reiter, hast du das gewusst? Und er angelt und jagt. Letzten Sommer hat er einen Jagdausflug nach Polen gemacht und einen Elch geschossen. So groß wie ein Pferd.”

Anton konnte Jeff vor sich sehen, wie er auf einem Hochsitz saß, mit einem dieser komischen grünen Jägerhüte mit Puschel auf dem Kopf, und harmlose Pflanzenfresser jagte. Wahrscheinlich trug er eine grell orangefarbene Sicherheitsweste, damit er nicht aus Versehen vom Jäger im Nachbarhochsitz erschossen wurde. Was für ein Abenteuer.

Er sagte nichts.

“Wenn ich ihn frage, zeigt er dir heute Abend vielleicht seine Waffensammlung. Vielleicht hat er sogar ein Luftgewehr, mit dem du schießen könntest. Aber versprechen kann ich nichts. Oder er nimmt dich mal mit auf den Hochsitz. Was denkst du?”

(Ein Luftgewehr. Na super.)

Anton lächelte müde. “Klingt gut.”

Was hätte er sonst sagen sollen? Das war jetzt nicht der richtige Zeitpunkt, um seiner Mutter zu erklären, dass er geschworen hatte, den Schatz Merlins zu suchen und das Leben seiner Gefährten mit seinem zu verteidigen.

The **Hunt**

Das Bärenwesen hockte im Mondlicht auf dem kahlen Waldboden und leckte sich den Schlamm von den Pfoten. Es sah verängstigt aus und fror, das Fell voller Dornen.

In einiger Entfernung saßen Gwynrych und Kech auf einem niedrigen Ast. "Maybe we should **light** a fire", schlug Kech vor. Gwynrych schüttelte den Kopf und betrachtete den Bären sorgenvoll.

"You know they **are hunting** us", sagte er. "They are not far **behind**. This afternoon I saw a **group** of bears **near** the river. And the **wolves have been howling** in the mountains."

"But I don't think the Bear-Thing can **go on** much longer. It is a child, **after all**", sagte Kech leise.

"They would see a fire for **miles around**", sagte Gwynrych und stand auf. "We would not **survive** the night, Kech. It is too dangerous." Er ließ sich auf den Waldboden fallen.

hunt Jagd
light anzünden
are hunting jagen
behind hinter uns
group Gruppe
near in der Nähe
wolves Wölfe
have been howling haben geheult
go on weitergehen
after all schließlich
miles Meilen
around ringsum
survive überleben

Seufzend rieb sich Anton die Augen und setzte sich auf. Seit Tagen entschuldigte er sich früh am Abend, um sich in sein Zimmer zurückzuziehen. Dann saß er auf dem Bett, die Decke über den Kopf gezogen, und beobachtete die Gefährten, die sich zu den Sümpfen im Norden

durchschlugen. Er konnte nur wenig tun, um ihnen zu helfen.
"Anton? Schatz?", hörte er die Stimme seiner Mutter von unten. "Siehst du schon wieder fern?"
(Ich schaue meine Uhr an.)
"Nein, Mama", rief Anton. "Ich bin müde."
"Willst du noch einen Kakao?", fragte die Mutter.
"Nein! Ich bin schon im Bett." Er hoffte, dass sie und Jeff auch schnell zu Bett gehen würden. Und dass noch Milch im Eisschrank war. In der anderen Welt lief die Zeit schneller.
Tag für Tag wurde es dort kälter. Die Bergketten und Flüsse verschwanden und machten einer breiten Ebene Platz. Der Boden wurde zunehmend sumpfig, die Füße der Gefährten sanken bei jedem Schritt tief ein, und die Beine des Bärenwesens zitterten vor Anstrengung, wenn er sie langsam aus dem Schlamm zog. Seit Wochen hatten sie es nicht mehr trocken gehabt, und ihre Kleider hingen in Fetzen um die ausgemergelten Körper.
Sie gingen nach Norden.
"The Wild Boar of the North", hatte Gwynrych damals in der Nacht gesagt, als Anton sie das erste Mal besuchte. Das Gesicht des Elfen war unbewegt gewesen, aber Anton hatte seine Anspannung ahnen können.
"Bringt mir die Haut des wilden Ebers, der die Nordlande ins Unheil stürzt", hatte Kech erklärt. "Der Bärenkönig hätte keinen gefährlicheren Auftrag finden können."
(Der Bärenkönig in seiner Wut wird versuchen, seinen Sohn zu ermorden.)

"Ein Eber?", hatte Anton wissen wollen.
"Ein riesiger Eber. Bösartig und klug. Er ist von der dunklen Macht besessen, sie umgibt ihn wie schwarzer Nebel. Und unsere Magie wird dort vollkommen nutzlos sein."

has been wurde
nobody niemand
ever jemals

"And everyone who has tried to fight him **has been** killed?", fragte Anton. Es schien die logische Schlussfolgerung zu sein.
Zu seiner Überraschung schüttelte Gwynrych den Kopf. "No", sagte er schlicht. "**Nobody** has **ever** tried."
Seit einigen Tagen schon waren die Wölfe auf ihrer Spur.
Anton wartete, bis das Geschirrklappern in der Küche erstarb. Er kannte die Geräusche im Haus inzwischen genau: das Klingeln von Vivianes Telefon und ihre gedämpfte Stimme, die durch die Wände drang, wenn sie abends mit ihren Freundinnen telefonierte. Die Musik, die Jeff auflegte, wenn er und seine Mutter nach dem Abendessen vor dem Kamin saßen, sobald er und Viviane in ihren Zimmern waren. Dann die Schritte im Flur und die vorsichtig geschlossene Schlafzimmertür. Die Wasserspülung rauschte, dann wurde es still.
Anton wartete noch eine halbe Stunde. Dann beugte er sich vor und zog die Kiste unter dem Bett hervor: Schokoriegel vom Imbiss am Strand, ein halbes Brot, zwei Gläser Marmelade, fünf Scones, ein paar Dosen mit Tomaten und Bohnen. Seine Mutter suchte den Dosenöffner seit Tagen, und Jeff hatte begonnen, sich

zu fragen, wohin der Frühstücksspeck verschwand. Noch glaubten sie ihm die Geschichte, dass die Seeluft ihn hungrig machte, aber er war vorsichtig geworden.
Ein letztes Mal hielt Anton den Atem an, um zu lauschen.
Kein Mensch war zu hören.
Er griff nach seiner Uhr, pulte am Schorf an seiner Hand, bis Blut kam, schloss die Augen und konzentrierte sich auf die Gefährten.

Anton saß am Tisch und hörte kaum zu. Gelangweilt schob er ein Stück Lamm auf dem Teller herum. Der Kartoffelbrei war zu einem kleinen Turm aufgehäuft, und er versuchte gerade, mit der Gabel ein Loch hineinzubohren, als seine Mutter fröhlich sagte: "Anton **would love to** see your **guns**, Jeff. Would you **show** them to him after dinner?"
"Sure", sagte Jeff gut gelaunt. "Do you like **rifles**, Anton? Would you like to go hunting with me next Saturday?"
Anton sah das erwartungsvolle Gesicht seiner Mutter. "I'd love to", log er schnell, obwohl er sich darauf gefreut hatte, auszuschlafen und danach zwei Stunden im Pyjama auf der Couch fernzusehen, wie er es jedes Wochenende tat. Seine Mutter frühstückte im Bett und kam nicht vor elf Uhr herunter, danach war sie so fröhlich und entspannt wie sonst nie. Wochenenden waren zum Gammeln da.

would love to würde sehr gern
guns Waffen
show zeigen
rifles Gewehre

"Excuse me", murmelte Viviane und stand schnell auf.
"Viviane hates **hunting** ", erklärte Jeff.
Sie zuckte die Schultern. "I just think it's **cruel** to kill **little** rabbits, that's all."
"**It's a pity**", sagte Jeff und fügte, zu Antons Mutter gewandt, hinzu: "She's quite a good **shot**, you know. When she was **younger**, we **used to go** and practise for fun. But I'd love to show you two." Er legte eine Hand auf den Arm von Antons Mutter und flüsterte ihr zu. "I can **teach** you. You'll love it."
"Great idea", sagte sie und sah nicht gerade fröhlich aus. So hatte sie sich das nicht gedacht. Als Anton sich vorstellte, wie seine elegante Mutter durch den Matsch stapfte, Schlamm auf der Hose und einen lächerlichen Jägerhut auf den sorgfältig frisierten Haaren, musste er grinsen.
"Yeah, great", sagte er, diesmal mit Überzeugung.

hunting das Jagen
cruel grausam
little kleine
It's a pity. Es ist schade.
shot Schützin
younger jünger
used to go gingen
teach beibringen

Die Gewehre standen in Jeffs Arbeitszimmer, in einer alten, wunderschönen Glasvitrine, die mit rotem Samt ausgeschlagen war. Anton war noch nie in diesem Zimmer gewesen. Es sah antik und teuer und ungemütlich aus hier. An den Wänden hingen, fein säuberlich gerahmt, Urkunden und Diplome. Alles war unglaublich sauber und glänzte wie in einem Museum. Selbst ein Kamin war da, es roch schwach nach Rauch. Umständlich schloss Jeff eine Schublade in seinem

Schreibtisch auf und holte einen altmodischen Schlüssel heraus, mit dem er die Tür der Vitrine öffnete.
“Come and look”, sagte Jeff ehrfürchtig.
Es waren fünf Gewehre, eine altmodische Pistole – mindestens vier- oder fünfhundert Jahre alt, mit einem komischen Trichter vorne – und einige moderne Messer. Sie waren aus dunklem Metall, mit gezackten Klingen und allen möglichen aufklappbaren Geräten, wie gigantische Schweizer Messer. Aber sie sahen scharf und gefährlich aus. Dann fiel Antons blick auf die Flinte. Ganz hinten in der Ecke des Schranks stand ein Gewehr, das so groß war, wie Anton noch nie eines gesehen hatte, noch nicht einmal im Film. Es hatte einen altmodischen Verschluss, zwei Läufe, dick wie Antons Handgelenke, und war fast so lang wie Jeff. Anton konnte sich nicht vorstellen, wie man so ein Ding überhaupt hochheben, und noch viel weniger, wie man damit zielen sollte. Es wog wahrscheinlich so viel wie ein kleines Auto. Er konnte Viviane verstehen. Wenn man mit so einem Ding auf einen Hasen schoss, würde er explodieren wie in einem Bugs-Bunny-Film.
(Ohne die Witze hinterher.)
Anton grinste. Er stellte sich vor, wie Jeff versuchte, mit diesem riesigen Gewehr auf den Hochsitz zu krabbeln, während seine Mutter mit Jägerhut unten stand und ihm Anweisungen gab, wie er es machen sollte.
Jeff hatte inzwischen eines der kleineren Gewehre aus dem Schrank genommen, öffnete und schloss es und erklärte Anton, wie man es lud.

not even nicht mal
lift heben
great-grandfather Urgroßvater
shooting schießen
gave hat gegeben
might könnte
explode explodieren
would blow away würde wegpusten
thick dick
bullets Kugeln
get stuck stecken bleiben
hurt verletzen
shot Schuss

Aber Anton konnte seine Augen nicht von der riesigen Flinte abwenden.
"Can I have that?", fragte er schüchtern.
Jeff lachte überrascht. "That old thing? I'm **not even** sure I could **lift** it. I've never used it, you know."
"Really?", fragte Anton.
"It belonged to my **great-grandfather**. It's for **shooting** elephants."
"Your great-grandfather hunted elephants?", fragte Anton gespannt.
"No", sagte Jeff ungewohnt ernst und stellte das Gewehr zurück in den Schrank. "He never got the chance. But he **gave** it to his son, my grandfather, and he gave it to my father, who gave it to me. And I've always dreamed about hunting big animals. Well." Er hob die Schultern und lachte unsicher. "Maybe one day I will. Or Viviane's children will. But this rifle has never been used."
"But why didn't you try?" wollte Anton wissen. "Why didn't you practise with it?"
Jeff lachte. "Practise! That thing is so old, it **might explode** in my hands. And you don't practise shooting with an elephant rifle. It **would blow away** the garage. It has to. An elephant's head is so **thick** that normal **bullets** just **get stuck** in it. You can **hurt** it, but you won't kill it. With an angry elephant, one **shot** is all you have."

Anton starrte den Freund seiner Mutter an, fast gegen seinen Willen fasziniert von der Geschichte. “But why?”, fragte er. “Elephants just eat plants. Their teeth aren’t dangerous at all.”
“That’s right”, nickte Jeff. “But they’re **huge** beasts, and they’re very, very intelligent. Almost **as** clever **as** pigs.”
“Pigs?“ rief Anton. Jeff wollte ihn wohl auf den Arm nehmen.
“Yes, pigs.” Jeff lächelte. “Did you think pigs were just stupid farm animals?” Er schüttelte ernst den Kopf. “**Have** you ever **seen** a pig’s teeth?”
Anton schüttelte den Kopf, noch immer misstrauisch.
“They can **bite** your hand **right off**. They’re **worse** than dogs; more like **hyenas**. They can bite right through bone if they want to.”
“Right”, sagte Anton.

huge riesige
as ... as so ... wie
have seen hast gesehen
right ganz
bite off abbeißen
worse schlimmer
hyenas Hyänen

Jeff redete weiter, als hätte er Antons Spott nicht bemerkt. “What do you think is the most dangerous animal you can hunt in Europe?”, fragte er.
“A wolf?”, dachte Anton laut.
Der Bärenkönig fiel ihm ein, im Halbdunkel auf seinem Thron sitzend, während Anton und seine Freunde langsam auf ihn zu liefen. Der Mantel aus Hermelinen, denen noch die Zungen aus dem Maul baumelten. “Or a bear, maybe?”, sagte er leise.
“Wolves?” Jeff wischte die Idee mit einer Handbewegung weg, als wäre sie nicht der Erwähnung wert. “Bears are

strong stark
gets kriegt
I'm serious. Das ist mein Ernst.
the worst das Schlimmste
vengeful rachsüchtig
let go lassen los
yourself dich
against gegen
straight direkt
bull Stier
to run away wegzulaufen
zigzag zickzack
curves Kurven
technique Technik

dangerous, of course", stimmte er Anton zu. "You won't find many bears in Europe, but you're right; an angry bear is very **strong**. And it'll kill you if it can." Er nickte nachdenklich. "If a bear **gets** you, you're dead, no question about it. But the most dangerous animal you can hunt, Anton, is a pig. A wild boar. **I'm serious.**"
Er senkte die Stimme und blickte Anton in die Augen. "They're fast and very strong, of course. But **the worst** of it is that they're so clever. Boars are intelligent and **vengeful**. And they never **let go**."
"How would you ...", fragte Anton und schluckte mühsam. "How would you defend **yourself against** one?" Seine Stimme klang zittrig, aber Jeff bemerkte es nicht. Er hob das ungeladene Gewehr und legte es an seiner Schulter, ohne zu Anton hinzusehen.
"Well, a boar won't bite you when it attacks", sagte er so beiläufig, dass Anton die Zähne zusammenbeißen musste. "It **will** run **straight** into you, like a **bull**. And they're fast, so it's not a good idea to try **to run away**. Maybe you could run **zigzag** – they're not very good at stopping, or running in **curves**. It's a rabbit **technique**, running zigzag. That's what you should do if you're attacked by a crocodile." Er senkte das Gewehr und

grinste Anton an. "At least, that's what my father told me."

"Run zigzag", sagte Anton, nicht sonderlich überzeugt. Als Strategie schien ihm das etwas schwach.

Jeff zuckte die Schultern. "Or climb a tree. I **guess** I'd climb a tree. The best idea, of course, would be not to make it angry **in the first place**."

"But if you had to kill it?", fragte Anton schüchtern. "If for some **reason** you just had to kill it?"

"You can kill it, of course – it's not that difficult. People **shoot** wild boar every day. All I'm saying is, don't hurt it. Never, never make it angry. If you hurt a wild boar, it will start hunting you. It will wait for you. For weeks. A bear will attack you **directly**. A wild boar will hide and wait for you. And it will not forget you. Ever." Jeff stellte sein Gewehr in den Schrank und drehte den Schlüssel sorgfältig im Schloss. "A bear with a pig's **brain** would be the most dangerous animal in the world."

guess vermute
in the first place überhaupt
reason Grund
shoot erschießen
directly direkt
brain Gehirn

Anton starrte auf die Vitrine mit den Gewehren. "Or a wild boar, as big as an elephant", murmelte er leise. "The most dangerous animal in the world."

Jeff sah ihn überrascht an. "Hey, Anton, what's the matter with you? There aren't any elephants in England, or any bears. You're not afraid of rabbits, are you?"

Nein, dachte Anton. Vor Kaninchen habe ich keine Angst.

Er wollte sich gerade einen Bissen Rührei in den Mund schieben – die Gabel, gelb und dampfend, vor der Nase, es duftete nach Ei und Speck und Toastbrot und Sommer –, als der Ruf kam.
Der Sog war so gewaltig, dass er ihm den Atem nahm. Er bemerkte nicht, wie seine Gabel klappernd zurück auf den Teller fiel und Rührei über das Tischtuch kleckerte. Mit dem Ellbogen stieß er gegen die Karaffe, und der Orangensaft schwappte über. Um ihn herum toste es. Der ganze Raum war in Bewegung. Gesichter und Möbel verzerrten sich, lösten sich auf zu wirren Farben, wirbelten herum und zogen ihn in einen Strudel. Mit ganzer Kraft stemmte Anton sich dagegen.
(Nein. Nein .... Ich kann nicht ... Ich darf nicht ... Nein!)
Er biss die Zähne zusammen, dass sein Kiefer schmerzte, und klammerte sich an die Tischkante.
Blut rauschte in seinen Ohren wie starker Wind. Die Uhr an seinem Handgelenk schien zu vibrieren. Entsetzt beobachtete er, wie er durchsichtig zu werden begann, seine Arme wurden weißlich und transparent, er konnte das verschmutzte Tischtuch unter den Fingern sehen, unter seinem Handgelenk, durch seine Uhr hindurch ...
Die Uhr!
Mit letzter Kraft riss er den Verschluss auf.
Die Uhr rutschte von seinem Handgelenk und fiel zu Boden.
Sofort war alles um ihn herum wieder still. Das Brausen war verschwunden, und seine Hände, die noch leicht

zitternd auf dem Tisch lagen, sahen wieder normal aus.
"It's okay, Sandra. Don't worry", hörte er wie aus weiter Entfernung Jeffs Stimme. "It happens to the best of us, doesn't it?"
Antons Mutter wischte mit der Serviette über den Tisch. "He's so **clumsy lately**", sagte sie ärgerlich. Sonst war sie eigentlich eher locker in solchen Dingen.
"Well, they're teenagers now", sagte Jeff fröhlich. "What do you **expect**? **Table manners**?" Er lachte. Viviane verdrehte die Augen.
Hatten sie nicht mitbekommen, dass er gerade um ein Haar vom Frühstückstisch verschwunden wäre? Oder hielten Engländer so etwas für normal? War das der berühmte englische Humor?
"Look." Viviane deutete neben seinen Stuhl. "You**'ve dropped** your watch, Anton."
Sie bückte sich, um die Uhr aufzuheben.
Anton zuckte zusammen. Das letzte Mal hatte sie nichts gesehen – aber wenn das magische Tor offen und der Sog so stark war, würde auch Viviane ...
"Don't!", schrie er und stürzte sich so schnell auf die Uhr, dass ihre Köpfe schmerzhaft zusammenstießen.
"**Damn it!**", fluchte Viviane und rieb sich die Stirn. "Can't you be **more careful**, you idiot?"

clumsy tollpatschig
lately in letzter Zeit
expect erwartest
table manners Tischmanieren
have dropped hast fallen lassen
Damn it! Verdammt!
more careful vorsichtiger

Einen Augenblick waren alle still.
"Viviane!", rief Jeff.
"Anton!", rief Antons Mutter.
Viviane musterte ihn angewidert. "Pick it up yourself if you think I'm going to run away with your stupid **bloody** watch."
Anton sagte nichts. Sie hatte ja recht.
"You should **say sorry**, Anton", sagte seine Mutter streng.
Anton ließ die Serviette über die Uhr fallen und hob sie vorsichtig auf. Selbst durch das Tuch hindurch konnte er das Vibrieren spüren. Seine Fingerspitzen wurden weiß.

bloody beschissenen
say sorry dich entschuldigen
a bit ein bisschen
I feel sick. Mir ist schlecht.
be sick übergib dich

(Raus, nichts wie raus hier. Ich muss hier raus ...)
Anton presste die Serviette mit der Uhr vor seinen Mund und sprang so schnell auf, dass sein Stuhl hintenüber kippte.
"Are you all right, Anton?", frage Jeff. "You don't look very well. Quite green, actually. Do you feel ill?"
"I **feel a bit** sick, actually", presste Anton hervor. Er war schon fast an der Tür.
"Well, don't **be sick** on the table", sagte Viviane böse.
Jeff fuhr auf. "Viviane!"
Ihre Antwort hörte Anton nicht mehr. Er stürzte die Treppe hinauf und schlug keuchend die Badezimmertür hinter sich zu. Mit zitternden Händen drehte er den Schlüssel herum.

Erst als er seinen heißen Kopf gegen die kalten Badezimmerkacheln lehnte, kam ihm der Gedanke, dass es etwas zu bedeuten haben musste, wenn Gwynrych ihn so plötzlich rief. Er faltete die Serviette auf und griff mit zitternden Fingern nach der Uhr.
Jetzt, wo er sich nicht dagegen wehrte, schien der Sog weniger stark. Die wirbelnden Farben formten sich zu einem Bild, neblig und unbestimmt. Anton kniff die Augen zusammen und versuchte, etwas zu erkennen. Und plötzlich sah er es.
Gwynrych lag auf dem Boden, in einem See von Blut.
Anton holte tief Luft und stürzte sich in den Wirbel.

The Wild Boar

Keuchend kam Anton zu sich. Er kniete im Matsch, in seinen Ohren rauschte es. Er streifte die Uhr über sein Handgelenk, wischte sich mit zitternden Fingern die Haare aus dem Gesicht und betrachtete die trostlose Sumpflandschaft ringsum. Der Boden war mit dunkelbraunen Flechten und schleimigem Moos bedeckt. Aus großen Tümpeln ragten die Stümpfe abgestorbener Bäume wie abgebrochene Zähne hervor. Viele der Bäume waren umgestürzt und zerbrochen, als wäre ein heftiger Sturm über sie hinweggefegt. Vor ihm ragten zwei Felsbrocken auf, riesige, moosüberwachsene Findlinge, die gegeneinander gefallen waren und eine Art schmale Höhle bildeten. Kein einziger Vogel war zu hören, nur das leise Sirren tausender Mücken. Zwischen den Wurzeln eines ausgerissenen Baumes saß ein Frosch und blickte Anton aus goldenen Augen an. Dann wandte er sich ab, sprang in einen Tümpel und versank mit einem leisen Schmatzen. Auf dem Wasser sammelte sich Nebel in dicken Schlieren, und über allem lag ein widerwärtiger Gestank.

for ... sake um ... willen
don't move beweg dich nicht

"**For** Merlin's **sake**, be quiet. And **don't move**", hörte er da die Stimme des Bärenwesens. Sie klang seltsam flach und gepresst.

Anton fuhr herum.

Der Eber stand keine zwanzig Schritt entfernt und wandte ihnen den Rücken zu.

Anton hatte noch etwas Derartiges gesehen. Er hatte sich noch nicht einmal etwas Derartiges vorgestellt. Der wilde Eber des Nordens ... riesengroß, gigantisch, so hoch, dass Anton den Kopf in den Nacken legen musste, wenn er ihn ganz sehen wollte. Die Beine waren so dick, dass er sie mit den Armen nicht hätte umschlingen können. Unter seinen Hufen lag eine junge Birke. Seine struppigen Borsten waren schlammverkrustet, die Flanken von grauen Narben bedeckt. Selbst sein Rücken wirkte furchteinflößend, wie ein schwarzer, muskelbepackter Berg. Das Tier strahlte etwas Verwahrlostes aus, zottig und brutal. Sein massiger Körper schien das Licht zu verschlucken. Ein Windhauch riss den dunklen Nebel um ihn in Fetzen; es war, als stünde der Eber in schwarzen, zitternden Flammen.
“We have to fight the evil that is threatening our world”, hatte Gwynrych gesagt. “If nothing is done to stop it, we will all be lost. Every day the monsters grow stronger. Dark creatures are gaining more and more power ... It is growing every day.”
Nur wenige Meter entfernt stand das Bärenwesen, in seinen Armen den leblosen Körper des Elfen. Gwynrychs Haut war weiß, die Lippen in dunklem Blau angelaufen. Raureif bedeckte seine Augenlider. Lebte er noch?
Bösartig keuchend drehte der Eber den Kopf und starrte Anton über seine Schulter hinweg an. Anton konnte ein kleines, wütendes schwarzes Auge sehen, dann wandte das Tier den Kopf ab und richtete seine Aufmerksamkeit wieder auf die Gefährten.

fall asleep einschlafen
freeze erstarren
make sure sicherstellen, dass
save retten
more important wichtiger

"Can you do something, Bear-Thing?", flüsterte Anton mit starren Lippen. "Make him **fall asleep**, or **freeze** him, like the wolves?"
Wortlos schüttelte das Bärenwesen den Kopf.
"No magic", krächzte Kech, der einige Schritte entfernt auf einem Ast kauerte und sich nur mit Mühe festzukrallen schien. "We cannot fight it."
Mit Entsetzen wurde Anton klar, dass nur sein plötzliches Auftauchen den Eber aufgehalten hatte. Ohne ihn wären die Gefährten jetzt tot. Sie hatten ein wenig Zeit gewonnen. Aber sie waren noch völlig hilflos.
Der Eber schnaubte brüllend, als sei er zu demselben Schluss gekommen. Er wandte sich dem Bären zu und senkte den Kopf zum Angriff.
Ohne einen Schritt zurückzuweichen, stand das Bärenwesen da, taumelnd vor Müdigkeit. Anton schluckte schwer und stand auf. Er konnte nicht zusehen.
"Don't move, Anton. Don't move", sagte der Bär warnend. Seine Stimme war kaum zu verstehen. "You have to **make sure** the evil does not get Merlin's treasure. When we are dead you must take the clasp and take it to your world. You have to **save** it, do you understand? The clasp is **more important** than you or me. Take it back to your world, where the evil cannot get it."
"Run, Bear-Thing", flüsterte Anton, die Augen starr auf den Eber gerichtet. "Run, as fast as you can!"

“It’s no use”, sagte das Bärenwesen schlicht.
“No”, sagte Anton. Seine Lippen fühlten sich taub an.
Der Eber scharrte im Schlamm und machte einen Schritt vorwärts. Das Bärenwesen wich nicht zurück.
“No”, schrie Anton. Sie hatten keine Chance – nicht den Schatten einer Chance.
Die Stimme des Bären war sanft und ruhig. “We thank you for everything, Anton Schreiber. I hope you will always remember us.”
Anton blickte sich um. Ihm war kalt, er zitterte, und trotzdem lief ihm der Schweiß in die Augen. Er blickte über seine Schulter. Hinter ihm, nur wenig Meter entfernt, ragten die riesigen Felsbrocken auf, zwischen ihnen ein dünner Spalt. Vielleicht – ganz vielleicht – wenn er ihn erreichen könnte ...
(Maybe you could run zigzag – they’re not very good at stopping, or running in curves.)
Er hob die Arme. “Hey”, rief er. “Hey.”
“It is not your fault, Anton”, sagte das Bärenwesen. “There is nothing you can do. It will be **over soon**.”
“Hey! Look at me”, schrie Anton.
Nichts geschah. Der Eber stemmte seine Hinterläufe in den Schlamm. Er schien den Bären angreifen zu wollen. Langsam spannten sich seine Muskeln –
“You stupid old boar, I’m talking to you!”, brüllte Anton, so laut er konnte. “Can you hear me, you **stinking piece** of **shit**?” Er hob die Arme über den Kopf und schwenkte

It’s no use. Es bringt nichts.
over vorbei
soon bald
stinking stinkendes
piece Stück
shit Scheiße

sie hin und her. "Hierher! Come and get me! Yeah! Get meeeee! Here I am!" Seine Stimme überschlug sich. "Come and get me if you dare!" Er bekam einen Stein zu fassen und schleuderte ihn auf den Eber.
Mit einem dumpfen Schlag traf der Stein die Flanke des Tiers, eher ein lästiger Piekser als verletzend. Aber der Eber fuhr wütend zusammen. Schnaubend ließ er von seinem Opfer ab und wandte sich um. Zum ersten Mal sah der Junge ihm ins Gesicht: Es war eine schmale, bösartige Fratze, schwarz und mit eng zusammenstehenden Augen. Eine riesige Narbe zog sich über den gesamten Schädel. Eines der Ohren war ausgefranst und zerrissen, und zwischen den sabbernden Lefzen konnte Anton die Zähne sehen, vor denen Jeff ihn gewarnt hatte. Sie waren scharf und gefährlich.
Schlamm und Blut klebten an den gelblichen Hauern, die jetzt auf Antons Bauch gerichtet waren. In seinem linken Auge glitzerte Hass. Aus dem rechten ragte der Schaft eines Elfenpfeils.
(All I'm saying is, don't hurt it. Never, never make it angry. If you hurt a wild boar, it will start hunting you.)
Anton schluckte. Die magische Kälte konnte ihm nichts anhaben. Er verfügte über keine Magie, die er verlieren konnte. Aber das hier – dieses riesige, meterhohe Tier mit seinen armlangen Hauern ...
Anton beschloss, zu rennen, und holte Luft.
Nichts geschah. Seine Füße bewegten sich nicht. Fassungslos schaute er an sich herunter.
Er war bis zu den Knien im Moor versunken.

Es war wie in einem Albtraum, alles schien in Zeitlupe abzulaufen. Anton konnte den Schlamm sehen, der unter den Hufen des Ebers hochspritzte, den schwarzen Nebel über seinem Rücken und die Nüstern, die sich mit jedem Atemzug blähten. Schrill kreischend stieg Kech in die Luft. Irgendwo schrie das Bärenwesen, seine Worte wurden von dem Keuchen des Ebers übertönt. Sein Rücken verdeckte den Himmel, es raste, raste genau auf Anton zu. Drei Schritte, zwei ...
Anton warf sich zur Seite.
Die gelben Hauer streiften ihn, gleich wäre das Tier vorbei –
Mit einem entsetzlichen Ruck wurde Anton nach oben gerissen und durch die Luft gewirbelt.
Der Himmel kippte zur Seite. Es war wie eine wahnsinnige Achterbahnfahrt. Wie eine Welle, die einem die Füße wegreißt und den Körper unter Wasser drückt. Zweige peitschten in Antons Gesicht, seine Arme schwangen unkontrolliert hin und her, als er die Hände zum Schutz nach oben reißen wollte. In seinem Ohr dröhnte das Keuchen des Ebers, Speichel troff über seinen Arm.
Anton war dem Angriff ausgewichen, aber der Hauer des Ungetüms hatte sich in seinem T-Shirt verfangen. Wütend schüttelte das riesige Tier den Kopf und versuchte, ihn gegen einen Felsen zu schleudern. Anton klammerte sich an dem Hauer fest. Nicht fallen, dachte er. Ich darf nicht fallen. Der Eber stampfte durch Schlamm und Gestrüpp in seinem vergeblichen Versuch, ihn abzu-

schütteln. Anton war bis auf die Haut durchnässt. Farben tanzten vor seinen Augen, Himmel, Fell, Wasser, Bäume. Die silbrigen Stämme von Bäumen. Sie kamen näher. Der Eber raste darauf zu, brüllend und schnaubend. Sie waren zum Greifen nah ...
Er spürte einen Aufprall, ein grauenvoller Schmerz schoss durch seinen Arm. Ein letzter Ruck, das Geräusch von reißendem Stoff, dann lag er still. Ihm wurde schwarz vor Augen.

Als er sich wieder aufrichtete, war von dem Eber nichts mehr zu sehen. Hinter ihm knackte und knirschte das Unterholz. Stöhnend rollte Anton sich auf die Seite. Sein linker Arm tat höllisch weh, er war sicher, dass ein Knochen gebrochen war. So vorsichtig wie möglich zog er den Arm an den Bauch und lehnte sich gegen einen abgestorbenen Baumstamm. Der Versuch, sich aufzusetzen, verursachte ihm Übelkeit. Aber er konnte hier nicht bleiben.
(If you hurt a wild boar, it will start hunting you. It will wait for you. For weeks. A bear will attack you directly. A wild boar will hide and wait for you. And it will not forget you. Ever.)
Er versuchte einen klaren Gedanken zu fassen. Der Eber würde ihn nicht lange suchen müssen, solange er hier saß wie in einem Schaufenster. Fehlte nur ein bisschen Dekoration. Und ein kleines Schild: Sonderangebot.
"I guess I'd climb a tree", hatte Jeff gesagt. Anton starrte die Bäume, die ihn umstanden, misstrauisch an. Die

meisten von ihnen waren abgestorben, ihre Stämme ragten nackt in den Himmel. Andere waren zerknickt und übereinandergeworfen wie von einem Sturm, aber nach dem Knacken im Unterholz zu urteilen, hatte Anton keine Zweifel, was diese Bäume entwurzelt hatte. Klettern war sinnlos. Und die Felsen, unter die er kriechen konnte, waren unendlich weit weg.

Aber wenn er sich verstecken könnte –

Er blickte sich um.

Der Eber stand keine zwanzig Meter von ihm entfernt am anderen Ende des Sumpfes und starrte ihn an. Grinsend. Das Tier senkte den Kopf, ohne ihn auch nur eine Sekunde aus den Augen zu lassen.

(Dem einen Auge.)

Anton stemmte sich zitternd an dem Baumstamm hoch. Der Eber schnaubte. Er schien mit Anton zu spielen, wie eine Katze mit der Maus. Auf eine seltsame, blutrünstige Weise schien das Schwein belustigt, und das machte Anton mehr Angst als alles andere.

"They're fast and very strong, of course. But the worst of it is that they're so clever. Boars are intelligent, vengeful and mean", hatte Jeff gesagt.

Nicht, dass mir seine Ratschläge bisher viel genutzt hätten, dachte er und kam schwankend auf die Füße. Nicht, dass ihm irgendetwas jetzt noch sonderlich viel nützen würde. Er konnte nur verschwommen sehen, und bei jeder Bewegung schoss ein pochender Schmerz durch seinen Arm. Er war zu erschöpft, um sich zu bewegen.

(You're not afraid of rabbits, are you?)
Anton wünschte sich, dass Jeff endlich mitsamt seinen Ratschlägen aus seinem Kopf verschwand. Die Angst und die Schmerzen machten ihn müde; er wünschte sich, dass sein Arm nicht so fürchterlich weh tun würde. Er wünschte sich, noch einmal die Stimme seiner Mutter zu hören, die ihn fragte, ob er einen Kamillentee wollte. Aber am meisten wünschte er sich, das alles hier würde endlich, endlich zu Ende sein.
Er machte einen Schritt auf den Eber zu. Das Tier senkte den Kopf zum Angriff. Anton versuchte nicht, wegzurennen oder sich zu verteidigen. So musste das Bärenwesen sich gefühlt haben ... Ob die Gefährten in Sicherheit waren?
Unter seinen Füssen konnte Anton spüren, wie der Boden unter dem wilden Galopp des Ebers zitterte. Er schloss die Augen.
Das Bärenwesen riss ihn im letzten Moment zur Seite. Schwer atmend lag Anton im Schlamm, halb unter dem Körper des Bären begraben. Der Eber stürmte noch immer geradeaus.
An der Stelle, an der Anton noch wenige Sekunden zuvor gelegen hatte, hatte sich ein Fußabdruck tief in den Schlamm gegraben und füllte sich langsam mit Wasser.
(Das könnte mein Blut sein.)
Zitternd wandte Anton sich ab.
Dem Bärenwesen ging es kaum besser. Es atmete schwer und keuchend und schien am Ende seiner Kräfte zu sein. Taumelnd kam es auf die Beine und stützte die Tatzen

auf die Knie wie ein Läufer nach dem Wettkampf, den Kopf gesenkt und nach Luft ringend.

"Listen", flüsterte Anton. "Do you see those two rocks **over there**?"

Der Bär nickte.

"There's a **gap** between them. It's quite **narrow**. If we can **reach** that, I don't think the boar **will be able to follow** us. Do you think you **can make it**? Get Gwynrych and hide him there?"

Das Bärenwesen blickte auf und sah den Eber zwischen den Bäumen lauern.

"No", sagte es einfach.

"Then we have to **separate**", sagte Anton verzweifelt. "We have to run in **different directions**. Maybe that **will confuse** him. If you can **get away**, get Gwynrych. I'll see you at the rocks."

over there da drüben
gap Spalt
narrow eng
reach erreichen
will be able to follow wird folgen können
can make it schaffst es
separate uns trennen
different unterschiedliche
directions Richtungen
will confuse wird verwirren
get away wegkommen

Aber der Eber machte keinen Versuch, sie anzugreifen. Er hob den massigen Schädel und sog die Luft durch seine Nüstern. Er riecht, dachte Anton, Schweine haben eine gute Nase. Das Tier schien wieder hinterhältig zu grinsen. Dann drehte es sich plötzlich um und verschwand im Unterholz.

"Where is Gwynrych?", fragte Anton.

Der Bär schwieg.

Anton packte ihn bei den Schultern und schüttelte ihn. "Where is Gwynrych?", schrie er. "Is he safe? Can

is alive lebt
is breathing atmet
He's fine. Ihm geht's gut.
die sterben

he walk?" Der Bär hob den Kopf und sah Anton an. Sein Blick sagte Anton alles. Irgendwo hier im Wald lag der leblose Körper des Elfen im Wald. Und der Eber rannte direkt darauf zu.

Auf den Bären gestützt, humpelte Anton durch den Sumpf. Vor seinen Augen tanzten Bilder auf und ab: der Eber, der Gwynrych in die Luft warf. Die Hufe des Ebers, die über den Boden stampften.
(Es ist zu spät ... zu spät ...)
"Hurry", murmelte er, und seine Zähne schlugen aufeinander. "Hurry. We have to run."
Das hätte er dem Bären nicht sagen müssen. Keuchend kämpfte er sich neben Anton durchs Unterholz.
Als sie die Lichtung erreichten, lag Gwynrych wie unversehrt im Moos. Er sah aus, als würde er schlafen. Seine Lider flatterten, ab und zu hob sich seine Brust unter einem langen, seufzenden Atemzug. Kech saß auf einem Ast in seiner Nähe, als wollte er ihn bewachen.
"He**'s alive**! Oh Merlin, he's alive!", flüsterte das Bärenwesen fassungslos. "He's **breathing**, I can see him, **he's fine**, he won't **die**. He's ... oh no."
Aufheulend schlug es die Hände vor dem Gesicht zusammen. Anton hob den Blick.
Am Rand des Sumpfes schmatzte der Eber scheinbar gelassen im Schlamm. Auf seinem Gesicht lag wieder das tückische Grinsen. Er schabte mit einem Hauer an

einem Stamm, bis die Rinde absplitterte und eine weißliche Narbe hinterließ. Der Bär stöhnte auf.
"He was waiting for us", knurrte Anton zwischen zusammengebissenen Zähnen. "This **bastard** of a boar *waited* for us. He wants us to see ... everything."
Ohnmächtig sahen sie zu, wie das gewaltige Tier langsam aus dem Schlamm stieg. Der schwarze Nebel, der es umschloss, schien sich noch dichter zusammenzuballen.
Zwischen den kahlen Baumstämmen stieg Dunkelheit auf.
Mit höhnischem Blick nahm der Eber den Elfen auf die Hauer und warf ihn in die Luft.

bastard Miststück

In Between the Two Worlds

"I am sure the boy **will calm down**, Sandra", sagte Jeff und legte seine Serviette sorgfältig gefaltet auf den Tisch. "Maybe he wasn't feeling well. After all, he's not **used to** eating bacon and eggs for breakfast. He didn't look very well, did he?"

Antons Mutter schüttelte den Kopf. "I am sorry, Viviane. I don't know **what got into him**. He's usually a very nice boy. He's never **rude** ... I'm sure he didn't mean to hurt your **feelings**."

Viviane zuckte die Schultern. "**Never mind**", murmelte sie wütend und stand auf. "Excuse me", sagte sie patzig, drehte sich um und warf die Türe hinter sich zu. Antons Mutter schloss die Augen.

"Sandra." Jeff griff nach ihrer Hand und drückte sie sanft. "Give them some time ... give us all some time. I think Anton really did look sick. Why don't I take you to the chemist's to get him some medicine? They'll **both** calm down, don't worry."

"Let's take the Aston Martin today", sagte Jeff, als sie aus dem Haus auf den sonnigen Hof traten. "You have**n't** seen it **yet**, have you?"

Antons Mutter griff nach ihrer Tasche und schob ihre Hand unter Jeffs Arm. "You have an Aston Martin?"

will calm down wird sich beruhigen
used to es gewöhnt
what got into him was in ihn gefahren ist
rude unhöflich
feelings Gefühle
Never mind. Macht nichts.
both beide
not yet noch nicht

"It was already very old when I got it. I **spent** all of my summer holidays **fixing it up**. If you own a car, you should be able to **repair** it – that's what my father always **said**."
"How old is it?", fragte Antons Mutter neugierig.
"It was **made** in 1957", sagte Jeff. "I don't drive it very **often**. It's old and heavy, and the **heater** doesn't work. But if you own a car, you should not only be able to repair it. You should be able to drive it too."
Jeff führte sie über den Hof zu einem Nebengebäude, einem altmodischen kleinen, über und über mit Rosen bewachsenen Fachwerkhaus mit einem tief hängenden, grasbedeckten Dach, und hob den schweren Balken, der das Tor verschloss. Dann zog er die Tür auf. "What do you think?"
Antons Mutter war sprachlos.
Als der rote Sportwagen über den Hof auf die Landstraße rollte, strich sie bewundernd über das Armaturenbrett aus echtem dunklem Wurzelholz.

spent habe verbracht
fixing it up es instand zu setzen
repair reparieren
said sagte
made gebaut
often oft
heater Heizung

Gwynrych landete nur ein kurzes Stück entfernt im weichen Moos. Anton und das Bärenwesen konnten ein leises Stöhnen hören, als sein Körper auf den Boden schlug, und für einen winzigen Moment spürte Anton so etwas wie Hoffnung. Offensichtlich war der Elf noch am Leben. Wenn sie den Eber jetzt ablenken könnten ...
Das Tier schnaubte und schüttelte sich. Böse glotzend wandte er sich erst zu den Gefährten, dann zu dem ohn-

mächtigen Gwynrych. Er schob einen Hauer fast zärtlich unter den kleinen Körper und warf ihn mit einer schnellen Bewegung noch einmal hoch. Gwynrych wurde durch die Luft geschleudert und landete einige Schritte entfernt in einem flachen Teich, das Gesicht halb im Wasser vergraben. Der Eber zog ihn an Land und legte ihn vor sich auf den Boden. Dann hob er ein Bein und setzte es auf Gwynrychs Kopf.

trick überlisten
into the open ins Freie
let lassen
but außer
go for ziele auf

Kech krächzte entsetzt. Anton konnte spüren, wie der Bär neben ihm zitterte. Er packte das weiche Fell und hielt den Gefährten fest.

"It's a trick, don't you see?", flüsterte er hastig. "The boar is using him. He wants to **trick** us into running out **into the open**. And then he'll kill us all."

"But we can't just wait! We can't just **let** it happen!" Der Bär versuchte, Anton abzuschütteln, um sich auf den Eber zu stürzen.

"No! We have to find another way!", schrie Anton.

"There's nobody here **but** us!", rief der Bär verzweifelt.

Da flatterte, laut kreischend, Kech auf – und griff an. Der Eber schüttelte den Kopf, als sei der Vogel ein lästiges Insekt. Kech war winzig im Vergleich zu dem riesigen Tier, vielleicht gerade einmal so groß wie ein Auge des Ebers.

(Ein Auge!)

"The eyes!", schrie Anton. "**Go for** his eyes, Kech! You have to attack his eyes!"

Und Kech hörte ihn. Im Sturzflug legte er die Flügel an und ließ sich fallen. Bevor der Eber begriffen hatte, was geschah, hatte der Vogel sich an dem Pfeil festgeklammert, der ihm aus dem Auge ragte, und der Eber wurde wahnsinnig vor Schmerz.
Die Gefährten waren vergessen. Brüllend wälzte das Tier sich im Schlamm, blind vor Wut und tobendem Schmerz in seinem Kopf. Wasser spritzte auf, der schwarze Nebel zerriss. Das Brüllen des Ebers durchschnitt die Stille. Und noch immer klammerte der Vogel sich fest und verbissen an den Pfeil.
Ohne ein Wort stürzte das Bärenwesen vorwärts, rannte auf Gwynrych zu und riss ihn mit sich. Er hatte den Spalt zwischen den Felsen bereits erreicht, als Anton sich schwer atmend zu ihnen in den Unterschlupf zwängte.
Sie waren gerettet.
Wenig später flatterte Kech in ihr Versteck, zerrupft, erschöpft und schlammbespritzt, aber mit einem triumphierenden Glitzern in den Augen.
"Did you see that? Did you see me? Wasn't that **extraordinary**?" Er hüpfte auf Antons Schulter und klapperte frierend mit dem Schnabel. "I **fought** it. I **won**! Kech, the Raven of Merlin, **conqueror** of the Wild Boar of the North! Did you see me?"
Niemand antwortete. Das Glitzern in Kechs Augen erstarb. Gwynrych lag in den Armen des Bären, bewusstlos und bleich wie der Tod.

extraordinary außerordentlich
fought habe gegen ... gekämpft
won habe gewonnen
conqueror Bezwinger

"He's still alive", sagte der Bär traurig. "But I don't know ..."

Vorsichtig knöpfte Anton Gwynrychs Jacke auf. Auf der Brust des Elfen lag die Mantelspange von Merlin, rot von Blut. Aus seiner Schulter ragte ein Stück Ast wie ein Speer.

"He **shot** the boar", flüsterte das Bärenwesen. "Gwynrych **hit** him directly in the eye – but it wasn't **enough** to stop him. The Beast **threw** him in the air, and he **fell** against a tree." Unglücklich brummend wiegte er sich hin und her.

Gwynrych verlor viel Blut. Ohne Hilfe würde er sterben. Anton sah an seinem T-Shirt hinunter – viel war nicht mehr davon übrig geblieben – und riss einen Streifen davon ab.

"Can you **take** that **splinter out**?", fragte der Bär. "Can you help him?"

"Er lasse das besser sein", krächzte Kech auf Antons Schulter heiser.

"Kech is right", sagte Anton und wickelte den Stoffstreifen so fest wie möglich um den Oberkörper des Elfen. "If I take that splinter out now, he'**ll bleed to death**."

"But we must do something", beharrte das Bärenwesen.

Anton wandte sich Kech zu.

"Is**n't** there **anybody** who can help? A doctor? Or a magician? A witch? There has to be somebody in this world!"

shot hat erschossen
hit hat getroffen
enough genug
threw hat geworfen
fell ist gefallen
splinter Splitter
take out rausnehmen
will bleed to death wird verbluten
not anybody niemand

"There is Minlung", sagte der Rabe zögernd.
"Minlung? Die Schwertscheide von Excalibur?", fragte Anton.
Der Rabe nickte. "Excalibur is the sword that kills and **sheds** the blood. The **scabbard** stops it."
"One of Merlin's treasures? But I thought you hadn't got it", warf Anton ein.
"No, but we know where it is", sagte Kech ernst.
"The Nöck", murmelte das Bärenwesen. Der Rabe nickte.
"What's that?", fragte Anton ungeduldig. Sie verloren zu viel Zeit –
"Not what. Who", sagte der Rabe. "*Who* is the Nöck. The Nöck is a **great** king. The King of the **Waters**, **Lakes** and Seas. The powerful Aquarius. He lives a **day's journey away**, near the lake of Ingwerness."
"Are you sure he could help?", fragte Anton.
Kech nickte. "He is probably the only one who can."
"But the Nöck is **cunning** and **mean**", jammerte das Bärenwesen. "And he does not like humans, or magicians, or elves!"
"Can you **get there in time**?", fragte Anton drängend.
"I could", sagte das Bärenwesen. "But ..." Es blickte hilflos auf den Sumpf, der noch immer vom Brüllen des Ebers widerhallte.

sheds vergießt
scabbard Schwertscheide
had got hättet
great großer
waters Gewässer
lakes Seen
day's journey Tagesreise
away entfernt
cunning schlau
mean gemein
get there dahinkommen
in time rechtzeitig

Er musste den Satz nicht zu Ende sprechen. Sie senkten die Köpfe und schwiegen. Anton starrte auf Gwynrychs Brust, die sich in unregelmäßigen Abständen hob und senkte. Die Blässe war aus seinem Gesicht gewichen, ein dünner Schweißfilm bedeckte seine Stirn.
"He has a high **fever**", sagte Anton. Selbst wenn sie die Blutung stoppen könnten, Gwynrych würde vermutlich sterben, durchnässt und erschöpft, ohne Feuer und Wärme und umgeben von Sumpf.
"Can you take him into your world?", fragte das Bärenwesen leise.

fever Fieber
else anderes

Anton starrte ihn verwundert an. Der Elf brauchte Hilfe. Er stellte sich den winzigen Körper auf einem Operationstisch vor; allein die Narkosemaske wäre größer als sein Kopf. Welche Medikamente würden sie ihm geben können und wie viel? Wie heilte man einen Elfen? Aber noch schlimmer war der Gedanke, dass sie Gwynrych wie ein Alien behandeln würden, wie ein prähistorisches Tier, den verrücktesten und wertvollsten wissenschaftlichen Fund, den es je gegeben hatte. Wahrscheinlich würden sie ihn in irgendein Labor sperren und für den Rest seines Lebens untersuchen. Wie in *Independence Day*. Oder bei *Akte X*. Sie würden ihn niemals gehen lassen.
"Can you take him into your world?", fragte das Bärenwesen noch einmal, drängender.
"I cannot take Gwynrych", sagte Anton langsam und blickte auf. "Not Gwynrych – but I could take something **else**."

Anton landete unsanft neben dem Bücherregal in seinem Gästezimmer. Taumelnd kam er auf die Füße, den verletzten Arm fest an die Rippen gedrückt. Er stolperte über den Gettoblaster, kroch bis zur Tür und zog sich mit vor Schmerz zusammengekniffenen Augen am Türrahmen hoch.
Vorsichtig steckte er die Spange in seine Hosentasche und sah sich um. Er war dreckig und durchnässt, seine Hände hinterließen schlammige Spuren auf dem weißen Lack. Es war ihm egal. Verbissen kämpfte er sich vorwärts, über den Flur, die Treppe hinunter und in die Küche.
Er war noch nie dort gewesen, aber er wusste, dass eine zweite Tür von der Küche aus direkt in die Garage führte.
Die Küche lag friedlich im Morgenlicht. Auf dem Tisch standen noch immer vier Gläser, Orangensaft und Marmelade. Nur die dreckigen Teller und die Reste von Ei und Bacon hatte Antons Mutter abgeräumt, die Teller standen ordentlich abgespült im Geschirrkorb. Die Küche sah so normal aus, dass Anton verwirrt blinzelte.
Viviane saß am Frühstückstisch, Kopfhörer auf den Ohren, wippte fröhlich mit dem Fuß und sang irgendeinen alten Popsong: “I’m a big, big girl in a big, big world, and it won’t **mean** much if you leeeave me ...” Sie trug noch ihren Pyjama, die Miss-Kitty–Figuren auf dem abgewetzten Flanellstoff grinsten ihn fröhlich an.

mean bedeuten

Viviane blickte nicht von ihren Cornflakes auf, als Anton die Tür hinter ihr aufriss und weiterrannte, hinüber in die Garage.
Wie angewurzelt blieb er stehen. Vor ihm im Dämmerlicht, schwarz, glänzend und makellos poliert, stand Jeffs neuer Mercedes Benz. Mattes Licht fiel durch die Oberfenster und erhellte Regale, Werkzeug, ein halb zusammengebautes Motorrad und Stapel von Winterreifen. In einer Ecke stand ein Rasenmäher. Die ganze riesige Garage war bis an die Decke voll gestellt. Nie, niemals wäre hier genügend Platz. Was für ein Idiot er doch war ...
Ihm wurde übel. Er lehnte sich gegen die Wand und schloss die Augen.
(Okay. Keine Panik. Keine Panik. Der Plan ist gut. Ich habe noch Zeit. Wenn sie den Wagen aus der Garage fahren ...)

Mummy Mutti
what the hell was zum Teufel
dark Dunkeln

Anton holte tief Luft und wartete, bis der Schwindel sich legte. "Mama?", rief er mit krächzender Stimme. "Mama? Jeff?"
Keine Antwort. Alles, was er hören konnte, war Viviane, die den Songtext mitsang: I'm a big, big girl ... Und irgendwo draußen das Brummen eines Rasenmähers.
"Mama! Jeff! Wo seid ihr?" Anton hatte nicht bemerkt, wie laut er schrie, bis Viviane in der Tür stand.
"Mum! Jeff! Where are you? **Mummy**!", fuhr sie ihn an. "**What the hell** are you doing in there in the **dark**, screaming like a baby?" Sie zog die Augenbrauen zusammen. Offensichtlich konnte sie ihn in der Dunkel-

heit kaum sehen. "**What** on earth **are you up to** this time?"
"Have you seen my mother, Viviane?", schrie Anton.
"They **went** into the village. What's the problem? Do you need a babysitter? Can't you be **on your own** for twenty **lousy** minutes?", entgegnete Viviane genervt.
"But they didn't ..." Anton versuchte, seine Stimme möglichst ruhig klingen zu lassen. Viviane hielt ihn sowieso schon für vollkommen durchgeknallt. "The car is in the garage, Viviane. They must be here."
Sie zuckte die Schultern und wischte einen Brotkrümel von ihrem Miss-Kitty-Pyjama.
"Please", bettelte Anton. "Please. I need them. It's really, really **urgent**."
"They **must have taken** the Aston Martin", sagte Viviane gelangweilt.
"What Aston Martin?"
"The Aston Martin", wiederholte Viviane laut und deutlich, als spräche sie mit einem Vollidioten. "Dad's Aston Martin. They **drove** into the village, so if the Mercedes is still here, they must have taken the **other** car."
"But I never saw ...", stammelte Anton.
Viviane verdrehte die Augen. "Dad usually keeps it in the cottage. They should be back in about ten minutes. Do you think you can survive that long without your mum?"

What are you up to? Was hast du vor?
went sind gefahren
on your own alleine
lousy lausige
urgent dringend
must have taken müssen genommen haben
drove sind gefahren
other andere

Sie wollte die Tür zuschlagen, aber Anton beugte sich vor und packte sie am Arm. Jetzt, im Licht, das durch das Küchenfenster in die Garage fiel, blickte Viviane Anton ins Gesicht. Er konnte das Erschrecken in ihren Augen erkennen, und ihm wurde bewusst, wie er aussehen musste. Das T-Shirt hing in nassen Fetzen von seinen Schultern, die Kleidung war dreckig, und er war bis auf die Haut durchnässt. In seinen Haaren klebten kleine Äste und Laub. Eine Schramme zog sich über sein Gesicht. Sein linkes Auge wurde blau.

right direkt
on the left links
broken gebrochen

"Oh my god", flüsterte sie fassungslos.
Sie durften keine Zeit verlieren.
"The cottage, Viviane", sagte er drängend. "Where is the cottage?"
"But ... you were in your room", stammelte sie. "Just ten minutes ago. You didn't even leave the house. What happened?"
"Viviane." Anton packte sie mit der unverletzten Hand und schüttelte sie. "Tell me where the cottage is!"
"**Right** next door. The little house **on the left**", sagte sie. "What happened to your arm? Oh my god, is it **broken**? Does it hurt?"
Aber Anton antworte nicht. So schnell er konnte, humpelte er über den Hof.

The Boar in the Cottage

Jeff zog das Mobiltelefon aus der Tasche und blickte unwillig auf das Display.

"It's the **office**", sagte er entschuldigend.

Antons Mutter lächelte. Sie war derartige Unterbrechungen gewöhnt, ihr ging es nicht anders. "It's always the office, **isn't it?**", sagte sie lächelnd.

"The office, or the school. Or Viviane asking for more **pocket money**, or the **dry cleaner's** calling about the **suit** you have to **pick up** this afternoon", sagte Jeff trocken.

"It's okay", sagte Antons Mutter sanft. "**I don't mind.** I have **the same** problem. Just **answer it**."

Zu ihrer Überraschung schüttelte Jeff den Kopf.

"Thanks, but you know what? I mind." Er stellte das Telefon aus und wartete, bis das Display erlosch. Dann grinste er sie an. "We have more important things to do."

"Like what?", fragte Antons Mutter.

"Well", sagte Jeff leise und lehnte sich in seinem Sitz zurück. "The chemist's, of course. And holidays and summer and the beach, and ... did I tell you about the **Italian** ice cream shop in the village? They have **home-made** mango ice cream."

"Jeff, I don't know –"

office Büro
isn't it? stimmt's?
pocket money Taschengeld
dry cleaner's Trockenreinigung
suit Anzugs
pick up abholen
I don't mind. Es macht mir nichts aus.
the same dasselbe
answer it geh ran
Italian italienischen
home-made hausgemachtes

"And raspberry, and a really excellent chocolate one!"
"I don't know, Jeff. We shouldn't leave the kids **alone** for too long", sagte Antons Mutter halbherzig.

"And stracciatella, and strawberry yoghurt, and lemon ..."

alone allein

Anton stand im Cottage und wartete darauf, dass seine Augen sich an die Dunkelheit gewöhnten. Durch das kleine, von Rosen überrankte Fenster fiel nur ein dünner Streifen Licht. Staubkörner tanzten träge in dem Sonnenstrahl. Ein kleiner Ölfleck auf dem gestampften Lehmboden bewies, dass hier noch vor Kurzem der Aston Martin geparkt hatte. In einer Ecke standen alte Gartenstühle und eine Werkbank. Ansonsten war der Raum leer.

Anton holte tief Luft und stellte sich in die Mitte.

(Zielen, gut zielen. Hörst du mich, Bärenwesen? Kech? Genau hier. Genau hier. Genau hier in der Mitte.)

Seine Finger umschlossen die Spange. Um ihn herum war es ganz still. Irgendwo summte eine Fliege gegen ein Fenster, Anton konnte deutlich das leise Klatschen hören, mit dem ihr Körper gegen die Scheibe prallte.

Das Fenster! Er hätte beinahe das Fenster vergessen!

Er starrte wütend auf das kleine Fenster oben in der Wand. Es war so hoch, dass er auf Zehenspitzen stehen musste, um es zu erreichen. Aber er wagte es nicht, die Türe zu öffnen. Also zerrte er einen Gartenstuhl heran, stieg darauf und schob das Fenster mühsam auf.

Noch einmal stellte er sich in die Mitte des Raumes und zog die Spange Merlins aus der Hosentasche. Dann ritzte er sich mit ihr in den kleinen Finger, bis ein Tropfen Blut herausquoll.

In einer anderen Welt duckte das Bärenwesen sich zum Sprung. Über seinen Rücken hing – mit Fetzen von Antons Kleidern an ihn gebunden, der Elf. Der Sumpf lag kalt und schweigend in der einbrechenden Dämmerung. Zwischen den abgestorbenen Bäumen war kein Zeichen des Ebers zu sehen, das Wasser schwappte leise gegen die bleichen Stämme. Das Bärenwesen legte den Kopf zur Seite und horchte. Kein unterdrücktes Keuchen, kein Huf, der sich in den schmatzenden Schlamm drückte, kein Fell, das an einem Felsen schabte. Nichts. Das Brüllen des Ebers war vor Stunden verstummt. Nur sein Geruch hing noch in der Luft.
Die Sonne war untergegangen und die Luft erfüllt von Geräuschen: dem Quaken der Frösche, plätscherndem Wasser und dem weit entfernten Ruf eines Nachtvogels. Nur über dem Horizont im Westen war noch ein feiner Streifen hellgrauen Lichts zu sehen. Vielleicht stand dort, weit im Westen, gerade jetzt der Nöck und sah zu, wie die Sonne im Wasser seines Sees versank, die Hand locker um den Schatz an seinem Gürtel gelegt: Minlung, Merlins Schwertscheide, die das Blut der Krieger stillt.
Das Bärenwesen holte Luft. Mit einem letzten Blick auf den Raben zwängte es sich durch den engen Felsspalt und stürzte los.

In der Kuhle, in der er gelegen hatte, das verletzte Auge tief im kühlenden Schlamm vergraben, spitzte der Eber die Ohren. Seine Nüstern blähten sich, als er die platschenden Geräusche hörte, mit denen das Bärenwesen sich durch Wasser und Schlamm kämpfte. Seine hässliche Schnauze verzog sich zu einem bösen Grinsen. In seinem Gehirn begannen sich Gedanken zu formen: *Gut … guuut.*
Das Warten hatte sich gelohnt.
Mit einem tiefen Grunzen erhob das riesige Tier sich leise aus dem Schlamm und nahm die Witterung auf. Moos, Schlamm, Wasser, Fisch, Pilze. Und im Westen der scharfe, unverkennbare Geruch nach Schweiß und Blut.
Der Eber schüttelte sich und glitt aus der Senke. Es bewegte sich seltsam leicht und fast lautlos durch diesen Sumpf, jedes Büschel Moos war ihm vertraut, und der Nebel gab ihm Deckung.
Auch Kech hatte den Aufbruch des Bärenwesens verfolgt. Jetzt wartete er auf den Eber. Er legte den Kopf zur Seite, als er das leise Schmatzen hörte, mit dem die Hufe des Tieres in den Schlamm einsanken. Kech ließ sich von dem Baum fallen, auf dem er gesessen hatte. Der Rabe flog langsam, kämpfte mit jedem Flügelschlag gegen das Gewicht, das ihn nach unten zog. Um seinen Hals hing Antons Uhr.
Er flog direkt auf den Eber zu, und noch ehe das Biest ihn bemerkt hatte, bohrten seine Krallen sich in das Fell des Ebers und hielten sich fest.

"Damn, damn, damn", fluchte Viviane wütend, als sie zum dritten Mal die Ansage hörte: "This is Jeff Dawking. I'm not **available** at the moment, so please leave a **message** after the **beep**." "Daddy, this is Viviane, please **call** me **back as soon as possible**. It's really, really important." Sie biss sich auf die Lippen. Das hatte sie schon oft gesagt. "It's an **emergency**", stammelte sie. "**I'm not joking!** Something's happened to Anton, I think his arm is broken and ..."

available erreichbar
message Nachricht
beep Piepton
call back ruf zurück
as soon as sobald wie
possible möglich
emergency Notfall
I'm not joking! Kein Witz!

Das Telefon piepte. "Thank you for your message", sagte die Stimme ihres Vaters, ruhig und heiter wie immer, "I'll call you back as soon as possible. Goodbye." Viviane warf das Handy so fest auf den Tisch, dass der Akku heraussprang.
Dann hörte sie Anton im Cottage schreien.

Die Spange in Antons Hand vibrierte. Sie schien zu leben, an seinen Fingern zu zerren und sich losreißen zu wollen. Mit zusammengebissenen Zähnen hielt er sie fest. Er dachte an den Eber, sein zottiges Fell, das eine bösartige Auge, seine Beine, die im Schlamm versanken ... Hinter ihm ballte sich die Dunkelheit zusammen, wirbelnde schwarze Nebel bildeten sich, breiteten sich aus. Anton wurde nach hinten gezogen, auf den Strudel zu, und im selben Augenblick wurde ihm klar, dass er einen

Fehler gemacht hatte: Er wurde in die Welt des Ebers gerissen.
Verzweifelt versuchte er, die Richtung des Sogs umzukehren. Er warf sich nach vorn, die Hand so fest um die Spange gekrallt, dass das Metall sich in sein Fleisch bohrte. Er stieß mit der verletzten Hand an die Werkbank und schrie. Alles um ihn herum war verzerrt und rot vor Schmerz. Plötzlich gellte ein wütendes Gebrüll in seinen Ohren. Vor seinen Augen wurde der Raum dunkler und dunkler, als würde das Licht selbst in den Sog gezogen. Schwarze Nebelfetzen rasten an ihm vorbei. In der Ferne konnte er Sterne sehen und einen schmalen, farblosen Mond.
(Hierher. Hierher ... hierher, zu mir. Kech, hilf mir, Kech ...)
Das Holz der Werkbank unter seinen Finger wurde fester, die Wände des Cottages gewannen an Kontur und Farbe. Dann flatterte der Rabe auf ihn zu. Die Uhr hing um seinen Hals, in seinen Krallen konnte Anton schwarzes Fell sehen. Ein Stückchen Eberhaut. So plötzlich, wie er aufgetaucht war, erlahmte der Sog. Ein mächtiger Umriss begann sich in der Mitte des Raums abzuzeichnen, so groß, dass er fast bis an die Dachbalken reichte. Die Luft war stickig vom Geruch von Schlamm und nassem Fell.
Anton wich zurück und starrte auf das riesige Tier, das nur wenige Schritte vor ihm in der Dunkelheit kauerte.
(Wir haben es geschafft! Und jetzt raus. Nichts wie raus hier!)

Geduckt schob Anton sich an der Wand entlang. Er wagte nicht zu atmen, sog die Luft in kleinen, lautlosen Atemzügen ein. Sein Herz pochte laut, wie ein Hammer, der auf Metall schlägt. Grunzend vor Wut, versuchte der verwirrte Eber, auf die Füße zu kommen.
Anton hatte das Fenster erreicht.
Der Eber richtete sich auf und bewegte stöhnend den Kopf hin und her. In seinem Stöhnen lag etwas so Schmerzliches, dass Anton spüren konnte, wie sich die Haare in seinem Nacken aufstellten. Kech glitt an ihm vorbei und flatterte geräuschlos aus dem Fenster. Es war Zeit, zu verschwinden.
Ohne dass er die Augen von dem Tier ließ, fanden Antons Hände die Lehne des Gartenstuhls. Er stieg darauf und tastete nach dem Fenstergriff. Wenn er auf der Lehne stand, konnte er den rechten Arm aus dem Fenster schieben, der linke hing schmerzend an seiner Seite.
Der Stuhl wackelte. Ein Fuß fand Halt an der Wand, rutschte ab, ertastete einen Vorsprung. Leise kratzte der Schuh über die Mauer.
Erst jetzt wurde Anton bewusst, dass der Rasenmäher nicht mehr zu hören war.
Er biss die Zähne zusammen und zog sich weiter nach oben. Der Oberkörper ragte halb aus dem Fenster, ein letzter Schwung ... Seine nassen Turnschuhe glitten ab und rissen ihn nach hinten, rückwärts auf den Eber zu. Doch seine Füße trafen die wacklige Stuhllehne. Antons Hände waren feucht von Schweiß.

Hinter ihm war es still.
Er drehte sich um.
Und blickte direkt in das kalte Auge des Ebers.
Mit einem Aufschrei warf Anton sich nach vorne, seine rechte Hand bekam eine Weinranke zu fassen, seine Füße rannten fast die Wand hinauf, er rutschte über das Fensterbrett. Da blieb sein Gürtel im Fensterrahmen hängen.
Er warf sich zur Seite und zog mit letzter Kraft die Beine hoch, als die Hauer des Ebers sich nur wenige Zentimeter entfernt von seinem Oberschenkel in die Wand bohrten.
Der plötzliche Ruck drückte Anton gegen den Fensterrahmen, die Weinranke glitt aus seinen Fingern. Merlins Spange fiel zu Boden. Hilflos ruderte sein Arm durch die Luft. An seinem Bein spürte er den heißen Atem des Ebers.
(They can take your hand right off. They're worse than dogs; more like hyenas. They can bite right through bone if they want to.)
Anton schrie.
(They can take your foot right off.)
Dann glitt er über das Fensterbrett und fiel. Viviane, auf der Gartenbank stehend, hatte ihn nach draußen gezogen.

A New **Comrade**

Anton lag auf dem Rücken, über sich einen hellblauen englischen Sommerhimmel, der sich wolkenlos über das Reetdach des Cottages spannte. Für einen Moment schien alles stillzustehen. Die Welt war völlig lautlos, und auch seinen Körper spürte er nicht mehr.

Nichts. Nur diese unwirkliche Stille mit dem blauen, blauen Sommerhimmel.

Anton begann zu lachen.

(Es ist vorbei!)

Wildes, hysterisches Gelächter stieg in ihm empor wie eine Luftblase und schüttelte seinen Körper.

(Wir haben es geschafft!)

Tränen liefen über seine Wangen, er rang nach Luft und lachte, lachte, lachte, wie noch nie in seinem Leben.

Dann beugte Viviane sich über ihn, eher ängstlich als wütend, und hielt ihn fest. Ihre Lippen bewegten sich, aber Anton konnte nichts hören. Viviane packte ihn bei den Schultern.

“Anton? What the hell happened?”, fragte sie.

So plötzlich, wie es gekommen war, erstarb Antons Gelächter. Geräusche drangen von allen Seiten auf ihn ein, laut, betäubend: Vivianes ängstliche Stimme, das Gekrächz von Kech, der neben ihm auf dem Boden kauerte, das Scharren und Stampfen des Ebers. Ein brennender Schmerz zuckte durch seine Linke und ihm wurde bewusst,

comrade
Kameradin

dass er auf seinem gebrochenen Arm gelandet war. Stöhnend rollte er sich zur Seite.
In dem Cottage begann der Eber zu brüllen, wahnsinnig vor Wut und Schmerz.
Viviane wurde bleich. Sie sprang auf und taumelte einige Schritte zurück.
"What on earth is that, Anton? Did you hear that?", flüsterte sie fassungslos. "What's happening in there?"
"Nothing", murmelte Anton erschöpft. "Don't worry, we won. Nothing to be afraid of."
"Nothing?", fragte Viviane sc harf. "You **call** that nothing? You were screaming your head off! You're all dirty, you**'re bleeding**, and your arm looks broken. You look as if you've been in a **car crash**." Sie klopfte sich wütend den Staub von der Pyjamahose. "Dad will think it's all my fault! So if you**'re going to get me into trouble** with your stupid games, you can at least tell me what the hell **is going on**!"

call nennst
are bleeding blutest
car crash Autounfall
are going to get me into trouble mich in Schwierigkeiten bringen wirst
is going on hier vorgeht
is going to blame you wird dir die Schuld geben

Wieder brüllte der Eber. Viviane packte Anton so hart an der Schulter, dass es schmerzte.
"A game? You think this is a game?" Anton schüttelte verwirrt den Kopf. "You just saved my life, Viviane", sagte er müde. "Nobody'**s going to blame you** for anything. Don't worry. I mean, thank you. Thank you very much."

Aber sie hörte ihm nicht zu. Sie stieg auf die Gartenbank, hielt sich am Fensterrahmen fest und zog sich weit genug hoch, um hineinzusehen. Anton hielt die Luft an.

Sie spähte angestrengt durchs Fenster, und Anton erinnerte sich daran, wie lange seine Augen gebraucht hatten, um sich an das Licht zu gewöhnen. Der Eber brüllte wütend auf, und Viviane zuckte so schnell zurück, als habe sie einen elektrischen Schlag bekommen. Sie stieg von der Bank und ließ sich auf den Rasen fallen.

"What is that thing in there?" Ihre Lippen bewegten sich kaum. "I've never heard anything like it."

Anton erhob sich schwankend. "Nothing. I mean, nothing you have to worry about, Viviane. I'm sorry. It's a bit **complicated**. The thing in there is the Wild Boar of the North, and ..."

(And the Bear-Thing ***challenged*** *his father with the right of Hechneduur. We needed the ring, because it's one of Merlin's treasures, and we ... oh, forget it. I can never* ***explain****.)*

"**Anyway** ..." Er hob die Hände.

"A wild boar?" Viviane sah ihn entsetzt an.

"A very, very big one", sagte Anton. "*Very* big."

Sie drehte sich um und starrte auf das Cottage. "That you just **happened to find** near the cottage?"

"Yes", murmelte Anton zögernd. "**More or less**. But never mind. What's

complicated kompliziert
challenged hat herausgefordert
explain erklären
anyway jedenfalls
happened to find zufällig gefunden hast
more or less mehr oder weniger

important is that the Beast is **locked in** the cottage and it can't **get out**. I **caught** it. We caught it. It can't hurt us now."

Viviane schob sich eine Haarsträhne hinters Ohr. Ihre Hand zitterte.

"Are you sure?"

"**Absolutely**", sagte Anton. "All right?"

Viviane starrte ihn mit großen, schreckgeweiteten Augen an.

"It won't hurt you", sagte Anton eindringlich.

Sie nickte. "Okay."

Das Cottage wurde von einem gewaltigen Schlag erschüttert. Die Fensterscheibe zerbrach klirrend. Rosenblätter schwebten zu Boden, dicke Brocken Farbe und Verputz lösten sich aus der Mauer.

Beim zweiten Schlag ragte ein gelber Hauer aus der Wand.

Sandra Schreiber wischte sich einen letzten Rest Mangoeis aus dem Mundwinkel und lächelte Jeff an.

"Well, that was excellent, I have to admit." Sie zog das Haargummi aus dem Zopf und schüttelte ihre Haare aus. "And you were right, I really needed it. I've had so much stress **at work these last few weeks** – and then Anton and Viviane **don't get on** – and Anton **is behaving** so strangely –"

locked in eingesperrt
get out rauskommen
caught habe gefangen
absolutely absolut
at work bei der Arbeit
these last few weeks in den letzten Wochen
don't get on kommen nicht miteinander klar
is behaving benimmt sich

"He's a teenager, Sandra", sagte Jeff ruhig.
Sie schüttelte den Kopf. "That's not it. I don't know. I've never seen him like this. It is almost as if he has secrets. Dangerous secrets."
Jeff lachte. "I'm sure it's not as **bad** as that. Anyway, Viviane is with him, and it's a lovely English Saturday afternoon. Nothing's going to happen to him, believe me. Maybe you should have some more ice cream?"
Antons Mutter schüttelte den Kopf. "No", sagte sie. "No more ice cream. I have to go home."

Anton fasste Viviane beim Arm.
"Go into the house and call the **police**", sagte er. "You'll be safe in there. It can't **get in** there."
(Irgendwas läuft falsch. Was habe ich vergessen?)
Viviane nickte benommen, sie konnte den Blick nicht von dem Loch in der Wand des Cottages wenden.
Erst jetzt bemerkte Anton Kech. Er lag in einiger Entfernung auf dem Boden und sah erbärmlich aus, erbärmlich, staubig und erschöpft. Die Federn standen struppig von seinem Kopf ab, die Augen waren stumpf. Einen Augenblick lang dachte Anton, er sei tot, und hob den Vogel mit seiner unverletzten Hand vorsichtig hoch. Er fühlte sich knochig und unheimlich leicht an, und er war kalt. Da schloss sich eines seiner Augen. Anton seufzte erleichtert.
"Kech ..."

bad schlimm
police Polizei
get in reinkommen

Der Rabe krächzte heiser. Er zitterte vor Kälte. Anton pustete ihm behutsam die Federn glatt.
Die Wand des Cottages erbebte wieder. Eine weiße Wolke aus Gips wehte über den Hof. Müde ließ der Vogel den Kopf sinken. Anton steckte Kech kurzentschlossen in das, was von seinem T-Shirt noch übrig war, und zog Viviane mit.
Stolpernd liefen sie über den Hof. Sekunden später hielt Anton das Telefon in der Hand.
"Viviane, what's the emergency number in England?", rief er.
"112 for the **fire brigade**, and 999 for the police", antwortete sie. Vorsichtig nahm Anton das Telefon in seine verletzte linke Hand, um mit der rechten die Tasten zu drücken. Sein Gesicht war schmerzverzerrt.
"I'll call", sagte Viviane und nahm ihm den Hörer aus der Hand. "You'd better sit down for a while."
Anton drückte die Lautsprechertaste und biss sich auf die Unterlippe. Sie ließen es eine Ewigkeit klingeln, bis am anderen Ende der Hörer abgehoben wurde; das Piepen des Telefons erfüllte den ganzen Raum. Dann ein Knacken in der Leitung. Viviane begann sofort zu sprechen.
"There's a wild boar in our garage. It's really, really huge and I think it**'s going to break free** in the next few minutes. It's very dangerous, and we need help. You have to kill it. Come **quickly** – it**'s breaking through** the wall **right now**! Please!"

fire brigade Feuerwehr
is going to break free wird ausbrechen
quickly schnell
is breaking through durchbricht
right now jetzt gleich

Die Stimme am anderen Ende der Leitung klang unaufgeregt, fast ein wenig belustigt.
"Who am I talking to, please?"
"**What** the hell **does it matter?**", schrie Viviane.
"Well", sagte die Stimme am anderen Ende der Leitung aufreizend ruhig. "If you want us to come and help you, you'd better give us your address, hadn't you?"
"Viviane", stammelte sie, "Viviane Dawking, Rose Cottages, Bennington Beach. But ..."
"How old are you, Viviane?", fragte die Stimme weiter.
"I'm fourteen, but in our garage ..."
"There's a wild boar in your garage. Yes, I understood that. Can I talk to your mother, please?"
Viviane zog den Hörer vom Ohr und sah Anton ungläubig an.
Hielt dieser Typ sie für ein Baby?
"She's not here", sagte sie kurz. "This animal is really dangerous, and we need help right now!"
"When is your mother coming back?"
Anton hätte am liebsten geschrien vor Ungeduld.
"It's huge!", stieß Viviane hervor.
"I know this is **frightening** for you, Viviane", sagte der Mann am anderen Ende der Leitung freundlich, "but actually it's quite common here in the countryside. Boars look a lot more dangerous than they are. We'll send a car as soon as there's one available. Until then, just stay in the house and you'll be fine."

What does it matter? Was spielt das für eine Rolle?
frightening erschreckend

"What do you mean, as soon as there's one available?", fragte Viviane fassungslos. "We need help right now!"
Der Mann lachte. "What do you expect, the **SAS**? We'll send somebody as soon as possible. Are you inside the house?"
"Yes." Viviane biss sich vor Ungeld auf die Lippen.
"Then don't worry", sagte der Mann ruhig. "As I said, there are a lot of wild boar in this **area**. We get **calls** like this all the ..."
"Aren't you listening to me?", schrie Viviane. "This thing is breaking through the wall! It's ..."
"We'll send somebody as soon as possible", sagte der Mann bestimmt. Jetzt klang er ein wenig ärgerlich. "There's a an **anti-nuclear demonstration** on the beach, we have **tourists** losing handbags and children everywhere, and there's a lot of traffic. There are too many people out on the **road** today ..."
Zu viele Leute auf der Straße. Anton wurde bleich.
(Und zwei davon sind Jeff Dawking und Sandra Schreiber.)
Er nahm Viviane den Hörer aus der Hand und legte auf.
"It's useless", sagte er. "We don't have time."
"Can't we just stay in the house?", fragte Viviane unsicher. "If it breaks free and runs away, it's not our problem, is it?"

SAS (Secret Agent Service) etwa: SEK (Mobiles Einsatzkommando)
area Gegend
calls Anrufe
anti-nuclear demonstration Anti-Atomkraft-demo
tourists Touristen
road Straße

Anton schüttelte den Kopf.
“If the Beast breaks free, it’ll run out into the road”, sagte er. “And who just drove into the village in an Aston Martin, and could be back here **any** minute?”
“Dad”, flüsterte Viviane.
“And my mum.”
“What can we do?”, fragte Viviane. Ihr Gesicht war so weiß wie eine Wand. “What on earth are we going to do?”
“We have to kill it.”

any jede

The Elephant Rifle

Sie rannten in Jeffs Arbeitszimmer. Es sah unverändert aus, altmodisch, sauber, und roch ein wenig nach Rauch. Friedlich, wie aus einer anderen Welt, dachte Anton.

Der Waffenschrank war verschlossen. Das Metall der Gewehrläufe schimmerte schwarz; ordentlich aufgereiht standen sie dort, die Schäfte liebevoll poliert. Zum Greifen nah –

Viviane schob Anton unsanft zur Seite, rannte zum Schreibtisch und riss die mittlere Schublade auf. Anton konnte nichts anderes tun als warten. Vielleicht war der Eber inzwischen schon frei ...

Er lief zum Fenster hinüber und versuchte, das Cottage zu sehen, konnte aber nicht mehr erkennen als die Rosensträucher im Vorgarten. Ein Wassersprenger drehte sich sinnlos im Kreis, eine Katze schoss aufgescheucht über den Rasen und verschwand unter einem Holzstapel.

Der Rabe unter seinem zerrissenen T-Shirt bewegte sich. Seine Flügelschläge wurden kräftiger, die Wärme schien ihm gutzutun. Anton zog ihn hervor und setzte ihn auf die Heizung am Fenster. Kech plusterte sich auf, sobald er die Wärme spürte, und schmiegte sich dichter an das warme Metall. Mit einem Finger strich Anton ihm über den Kopf und flüsterte: “Bleib einfach sitzen, bis du dich erholt hast, okay? Wir holen Waffen und halten ihn auf. ”

Viviane, die den Schreibtisch ihres Vaters durchwühlt hatte, hob den Kopf und runzelte die Stirn. "Why did you bring that bird in here?", fragte sie.
"It's cold", sagte Anton.
(Kech **got** *too close to the boar. The dark fog sucks their magic away.)*
Viviane zog die Brauen hoch. Sie hielt ihn offensichtlich für völlig durchgedreht, wollte sich aber nicht streiten. Sie presste die Lippen aufeinander und sagte trocken: "Well, I hope you're not going to leave him in my father's room. Dad **will go crazy** if he **craps** on the carpet." Sie wandte sich wieder der Schublade zu.
"He's not going to crap on the carpet", sagte Anton wütend.
Kech hob den Kopf und klapperte mit dem Schnabel. "Shhhh." Anton legte einen Finger an die Lippen. "You mustn't talk in this world. We're not used to it. She**'ll freak out** if she hears you."
Sie hatte die zweite Schublade aufgezogen und warf Briefmarken, Notizbücher und einen Locher auf den Tisch.
"Where's the bloody key?", flüsterte sie, den Tränen nahe. "I know he puts it here **somewhere**. He always puts it in here ... We have to open the **damn** thing ..."
Anton hielt es nicht mehr aus. Er nahm einen Cricketschläger, der mit einigen anderen Sportsachen dekorativ in der Ecke lehnte, und holte Schwung. Glas und Holz-

got kam
will go crazy wird verrückt werden
craps kackt
will freak out wird ausflippen
somewhere irgendwo
damn verdammte

keep calling
ruf weiter an

streben des Vitrinenschranks zerbarsten mit hellem Getöse.
Anton ließ den Schläger sinken. "It's open", sagte er ruhig und wischte ein paar Splitter zur Seite.
Viviane stand bereits neben ihm, drängte ihn weg und beugte sich vor. Sie nahm Jeffs leichtes Jagdgewehr aus dem Schrank. Mit ruhigen, präzisen Bewegungen begann sie, die Waffe zu laden und stopfte sich die übrige Munition in eine Tasche ihres Pyjamas, der unter dem Gewicht nach unten rutschte. Es sah lächerlich aus, aber Anton bemerkte, dass sich etwas verändert hatte. Viviane wirkte kalt und gefährlich, seit sie die Waffe in der Hand hatte. Brauchbar. Verlässlich. Anton holte tief Luft. Bis jetzt hatte sie nur gelästert und genervt.
(Abgesehen von dem Augenblick, in dem sie mir das Leben gerettet hat, natürlich.)
Jetzt hatte Anton zum ersten Mal das Gefühl, dass es gut war, sie an seiner Seite zu haben. Und plötzlich hatte er Angst um sie. Er schloss die Augen und erinnerte sich daran, wie Gwynrychs Körper durch die Luft geflogen war, und an den Anblick des angreifenden Ebers.
Er streckte die Hand nach dem Gewehr aus.
"You don't have to do this, Viviane. It's my fault. I don't want you to get hurt", sagte er. "Just **keep calling** the police."
Viviane würdigte ihn keines Blickes.
"My dad is in that car", sagte sie ruhig. "Your mum, my dad. I don't care about you and your stories, but that

thing in the cottage is **real**. I guess you're not as crazy as I thought." Sie musterte ihn mit einem Blick, den Anton an ihr noch nie gesehen hatte. Es sah fast aus wie echtes Interesse.

"And you've got **guts**. I guess I could have a worse brother", sagte sie langsam. Dann grinste sie schief. "Actually, what really **got on my nerves** about the whole family holiday thing was that I thought it would be really boring. Looks as if I **was wrong** about that!"

"Viviane ..."

Sie ließ den Lauf einschnappen und richtete das Gewehr gegen die Decke. Dann blickte sie Anton an.

"I'm ready", sagte sie ruhig. "Let's go."

Sie rannte zur Tür hinaus.

Anton konnte seinen Blick nicht von dem Waffenschrank abwenden. In der hinteren Ecke stand die riesige Elefantenbüchse. Der Ledergurt zum Tragen war rissig und grau vom Alter, die Schrift auf der Schachtel mit Munition altertümlich und so vergilbt, dass Anton sie kaum entziffern konnte. Kech flatterte neugierig näher und ließ sich auf seiner Schulter nieder. Anton beachtete ihn nicht, sein Blick war noch immer auf die Vitrine gerichtet. Die Waffe starrte ihn an, als wäre sie lebendig. Langsam streckte er die Hand aus und berührte sie.

Die Büchse kippte plötzlich nach vorn, und er taumelte zurück und fiel gegen den Schreibtisch. Das Ding

real echt
guts Mumm
got on my nerves mir auf die Nerven ging
was wrong lag falsch

wog mindestens eine Tonne. Und trotzdem konnte er es nicht zurücklassen.
Anton keuchte vor Anstrengung. Er hatte keine Chance, das Gewehr über der Schulter zu tragen, schon gar nicht mit einem gebrochenen Arm. Aber er konnte es verdammt noch mal ziehen. Kech schlug mit den Flügeln und flatterte ungelenk auf seine Schulter. Er sah immer noch zerzaust aus, aber in seinen Augen lag Entschlossenheit. Anton nickte ihm zu.
Er biss die Zähne zusammen, schob seinen unverletzten Arm unter den Gurt und lehnte sich mit seinem ganzen Körpergewicht zurück.
Und zog.
Langsam rutschte das Gewehr über den Teppich.

Viviane wartete an der Haustür auf ihn. Der Lauf ihres Gewehrs war gegen den Boden gerichtet. Sie musste grinsen, als sie Anton sah, der die riesige Elefantenbüchse über den Flur schleifte. Aber sie bemerkte auch, dass sein Arm nutzlos herabhing, die Kratzer im Gesicht, das zerrissene T-Shirt und das Blut unter seiner Nase, und sie sagte nichts.
"What happened?", fragte Anton. Es war still auf dem Hof. Nichts rührte sich. Das Pflaster war bedeckt von Schutt, Staub und den grellroten Tupfen heruntergerissener Rosenblätter.
(Sie sehen aus wie Blutspritzer.)
Der Riss in der Vorderwand des Cottages war vielleicht ein wenig tiefer geworden, er zog sich vom Boden bis fast

unter den Dachfirst, aber noch hing das Tor in den Angeln.
Vivian legte den Finger auf die Lippen. "Nothing. Nothing happened. I can't even hear anything. Maybe it's gone. Is that possible?"
Anton warf Kech einen Blick zu, dann schüttelten beide den Kopf.
"It could be hurt, or **dying**", schlug Viviane vor. "Maybe it just **gave up**."
Anton schüttelte grimmig den Kopf. "Maybe it's waiting for something", sagte er leise, und er konnte sich ziemlich genau vorstellen, worauf.
"Can we shoot it from here?", fragte Viviane hoffnungsvoll, aber er schüttelte wieder den Kopf.
"We couldn't stop it. It'd be difficult to shoot it in the **heart** from the **side**. That's where you have to **hit** it, right in the chest. And if we **miss** from here it'll run straight into the road. If we **stand** right in front of it, maybe we can **force** it in a different direction."
Viviane blickte auf die Elefantenbüchse, die neben Antons Füßen auf dem Boden lag.
"Is it **loaded**?"
Anton zuckte die Schultern und kramte die Munition aus seiner Hosentasche. "I guess not."
"Well", sagte Viviane, "just a tip. If you want to shoot something, it's a good idea to **load** your gun first. Not

dying im Sterben liegen
gave up hat aufgegeben
heart Herz
side Seite
hit treffen
miss danebenschießen
stand stehen
force zwingen
loaded geladen
load laden

antique Antiquität
brought hast gebracht
you might as well kannst du es auch
drive Einfahrt

that you'll able to hit anything with that **antique**, anyway."
Sie knieten sich hin und begannen, die Büchse zu laden. "But you've **brought** it this far, **you might as well** load it."
Viviane stand auf, klopfte sich den Staub von ihrem Flanellpyjama, zog den rutschenden Hosenbund hoch und nahm ihre eigene Waffe wieder auf. Erst jetzt sah Anton, dass sie Hausschuhe in Hundeform trug.
"Look at that fence over there, next to the **drive**", flüsterte sie. "What do you think?"
Anton folgte ihrem Blick und nickte. Der Zaun an der Einfahrt sah stabil aus und bot ein halbwegs annehmbares Versteck. Vielleicht konnte er den Lauf des Gewehrs darauf legen und es dann anheben, um zu schießen. Vielleicht schaffte er das mit einer Hand. Er schloss die Augen. Vielleicht hatten sie auch einfach Glück. Wenn sie unbehelligt bis zu dem Zaun kämen ... und seine Mutter sich beeilte ... Von der Einfahrt aus konnten sie einfach zum Auto rennen und wegfahren. Er glaubte nicht, dass der Eber schneller war als ein Aston Martin. Sollte die Polizei sich um das Vieh kümmern oder der Forstbeamte ...
Aber er wusste, dass es nicht so kommen würde.
Anton öffnete die Augen und schaute auf den Hof, der ruhig und friedlich in der Sommersonne lag. Zwischen Rosenblättern und Schutt krabbelten Bienen und saugten den Nektar aus den heruntergefallenen Blüten. Ein

Anblick, der gut auf eine Kitschpostkarte gepasst hätte. Und hinter dem Tor des Cottages lauerte ein Ungeheuer mit einem einzigen, bösartig blitzenden Auge ...

Vivianes Ellbogen traf ihn schmerzhaft in die Seite. "Come on, let's go."

Sie mussten es tun. So leise wie möglich tasteten sie sich an der Hauswand entlang. Der Hof war so ruhig, dass sie das Summen der Insekten hören konnten und ihren eigenen stockenden Atem. Der Lauf der Elefantenbüchse kratzte über den Boden. Die Zeit schien stillzustehen. Endlich waren sie an der Ecke des Hauses angekommen. Zwischen ihnen und dem Zaun lag die Einfahrt, fünf, sechs Meter breit. Sie war völlig ungeschützt. Anton schloss die Augen. Sie mussten die Einfahrt überqueren, es gab keine andere Möglichkeit, bis zum Zaun zu kommen – schon gar nicht mit dem schweren Gewehr, das er hinter sich herschleifte.

Aus dem Cottage drang kein Laut. Und doch konnte Anton spüren, wie der Eber dort drin das Gewicht von einem Bein auf das andere verlagerte, den Kopf tief zwischen die Schulterblätter gesenkt. Ein glühendes Auge starrte auf zwei Gestalten, die sich gegen die Hauswand drückten, und er schob sich lautlos näher ...

"Well", sagte Viviane leise. "I guess this is it. Let me help you with that gun. Let's go."

Das Cottagetor erzitterte, kaum dass sie die ersten Schritte getan hatten. Krachend fiel die vordere Mauer in sich zusammen, als der Eber seine Schnauze durch den Riss in der Vorderwand rammte. Mauerstücke und Staub flogen über den Hof, das Dach knickte seitlich ein. Sie taumelten rückwärts, Kech flatterte auf. Zum ersten Mal sahen sie den Eber im vollen Sonnenlicht, die riesigen gelben Hauer, den Pfeil, der in der leeren Augenhöhle steckte, die Zähne in der schwarzen Schnauze. Der Kopf des Ebers hatte die Wand durchbrochen. Das Tier zwängte eine Schulter hindurch, als wäre das Tor ein Spielzeug aus Pappe. Ein Schritt noch und er war frei ... Das Dach brach ein. Der Kopf des Ebers verschwand unter Holzsparren und Stroh. Das Vieh brüllte vor Wut. Viviane stand bewegungslos. Anton packte ihren Arm und schrie in ihr Ohr, so laut er konnte: "Now, Viviane. NOW!"

Verwirrt blickte sie ihn an, dann schien sie sich endlich zu fassen. Der Eber lag unter dem Dachbalken festgeklemmt und versuchte, sich herumzuwälzen. Langsam begann der Balken zur Seite zu rutschen. Das mächtige Tier stemmte sich auf die Vorderläufe und wandte den Kopf. Schwarzer Nebel waberte auf. Sein Auge richtete sich auf Anton und Viviane. Schwankend kam es zum Stehen.

Mit einem präzisen Schwung hob Viviane das Gewehr an ihre Wange und zielte. Sie schloss kurz die Augen. Ihre Lippen bewegten sich, als wolle sie beten.

Ein Schuss krachte. Der Kopf des Ebers zuckte zurück. Blut spritzte aus seiner Schnauze. Das Tier brüllte vor Schmerz, und Anton konnte sehen, dass Viviane das Gewehr bereits nachgeladen hatte und den Lauf senkte. *(That's where you must hit it, right in the heart.)*

Die nächste Kugel riss einen Fetzen aus der Brust des Ebers. Über seine Beine lief Blut. Viviane lud nach. Ihre Hände arbeiteten wie eine Maschine, Schuss auf Schuss auf Schuss.

Wieder griff sie in die Pyjamatasche, aber sie fand keine Munition mehr. So plötzlich, wie er begonnen hatte, verstummte der Lärm. Sie hörten nichts als das keuchende, röchelnde Atmen des Tiers und weit in der Ferne Musik. "Bridge over **Troubled** Water", irgendeine uralte Popschnulze, das Lieblingslied von Antons Mutter.

troubled aufgewühltes
will lay me down werde mich hinlegen

Der Eber wankte, taumelte zur Seite.

Fing seinen Sturz ab und kam wieder auf die Beine. Und richtete sein Auge auf Viviane.

"Oh no", flüsterte sie. "No ..."

"Run, Viviane", flüsterte Anton. "Run!"

Das Lied wurde lauter. Anton konnte einzelne Worte unterscheiden. " ... like a bridge over troubled water, I **will lay me down** ... like a bridge ..."

In blinder Angst riss Viviane das ungeladene Gewehr hoch und drückte ab, immer wieder. Tränen liefen ihr über die Wange. Als der Eber den Kopf zum Angriff senkte, fiel sie auf die Knie und schrie.

Anton hatte den Lauf der Elefantenbüchse auf den Zaun geschoben und versuchte mit aller Kraft, das Gewehr hochzuhieven. Schweiß lief ihm über das Gesicht. Die Büchse hob sich, einen Zentimeter, zwei ... dann brach er zusammen. Er sah das Biest auf sich zustürzen, fühlte

die Hitze seines Atems, schwarze Nebelschwaden waberten auf ihn zu –
Das Gewehr wurde ihm aus der Hand gerissen. Ein gewaltiger Knall erschütterte den Hof, und nur wenige Schritte vor Anton fiel der Eber zu Boden.
Neben ihm stand Jeff und ließ die Büchse sinken.
Das struppige Fell des Ebers sah auf einmal alt und abgewetzt aus, wie das eines alten, lang vergessenen Spielzeugtiers. Sein Blut wirkte auf dem sandigen Boden fast schwarz. Ein letztes Zittern lief durch den Körper, das gelbe Auge brach. Er bewegte sich nicht mehr. Der wilde Eber des Nordens war tot.
Jeff schüttelte ungläubig den Kopf. Aber auf seinem Gesicht lag ein Lächeln.
Aus dem Autoradio ertönte noch immer der gleiche Song. Bienen summten zwischen den Rosenblättern.
Anton kippte langsam nach vorne. Um ihn herum wurde es schwarz.

Excalibur

Es war Nacht, als Anton von einem Klopfen erwachte. Mühsam setzte er sich auf und stützte sich mit dem rechten Arm ab. Der linke Arm, in einen modernen blauen Plastikgips gehüllt, lag wie ein Fremdkörper auf seinem Bauch. Jede noch so kleine Bewegung tat weh. Er blinzelte. Der alte Digitalwecker neben seinem Bett stand auf 3:57.

(Ich habe geträumt.)

Wieder dieses Geräusch. Es kam vom Fenster. Vorsichtig stand Anton auf. Im Haus war es so still, dass er das Tappen seiner nackten Füße auf dem Linoleum hören konnte. Das Klopfen wurde lauter. Er schob den Vorhang zur Seite.

Kech saß auf dem Fensterbrett und hackte mit dem Schnabel ungeduldig gegen die Scheibe. Um seinen Hals trug er Merlins Spange, die Anton beim Angriff des Ebers hatte fallen lassen.

Vorsichtig öffnete Anton. Der Vogel glitt lautlos ins Zimmer und verbeugte sich tief.

"Seid gegrüßt, Anton Schreiber", murmelte er krächzend. "Everything is ready for the Bear King's **accession to the throne**. Do you wish to **join** us?"

Der Rabe sah ihn mit schief gelegtem Kopf aufmerksam an.

Die Thronbesteigung des Bärenkönigs? Anton runzelte die Stirn. Der Bärenkönig! Bitte nicht noch einmal ...

accession to the throne Thronbesteigung
join ... sich zu ... gesellen

Der Rabe klapperte ungeduldig mit dem Schnabel und hüpfte auf Antons Schulter.
Verwirrt fasste Anton nach der Spange und zog sie von Kechs Hals.
"Blood calls for magic", krächzte er aufmunternd. Seufzend griff Anton nach seinem Taschenmesser.

Anton landete auf allen vieren auf festgestampftem Lehmboden. Weit heruntergebrannte Kerzen warfen ein flackerndes Licht in den Raum. Anton erkannte die großen Stühle mit den goldenen Beinen wieder, die an den Wänden aufgereiht standen: Er war im Palast des Bärenkönigs.
Ängstlich blickte er sich um. Die Wölfe, die die Türflügel bewacht hatten, waren verschwunden, ihr Speere achtlos an die Wand gelehnt. Einer der großen Stühle war umgefallen, Stroh quoll aus seiner Sitzfläche. Antons Fuß stieß gegen einen Helm, der klappend über den Boden rollte. Dann war es wieder still. Außer Antons Atem und dem leisen Kratzen, mit dem Kechs Federn an seinem Ohr schabten, war nichts zu hören.
Die großen Metalltüren waren nur angelehnt, und aus dem Thronsaal fiel ein schmaler Streifen rötlichen Lichts.
Zögernd stand Anton auf und ging darauf zu.
Auch der Saal war verlassen. Umgeworfene Stühle und zerbrochene Weinkrüge zeugten von einem hastigen Aufbruch. Essensreste faulten zwischen Pfützen von altem Wein. Nur der Thron weit hinten am anderen Ende

des Saales war erleuchtet. Rechts vom Thron hing der ausgestopfte Kopf eines gigantischen Ebers an der Wand. Anton konnte sich ein Lächeln kaum verkneifen.

(Armer Jeff!)

Kech und das Bärenwesen mussten den Eber am Nachmittag – dem Nachmittag in seiner Welt – geholt und hierher gebracht haben.

glad froh

Der Rabe flatterte von Antons Schulter und setzte sich würdevoll auf einen Hauer. Und unter ihm stand, lebendig und scheinbar unverletzt –

“Gwynrych!”, rief Anton und stürzte auf ihn zu. “You're alive! I'm so **glad** to see you”, stammelte er und hob den Elf vorsichtig hoch. Unter seinen Kleidern konnte Anton den dicken Verband spüren, der seine Brust umschloss, aber er war unzweifelhaft lebendig und gesund. Anton erinnerte sich daran, wie er Gwynrych auf den Rücken des Bären gebunden hatte, blutverschmiert und besinnungslos – er hatte nicht damit gerechnet, ihn lebend wiederzusehen.

“Anton Schreiber”, sagte Gwynrych ruhig, aber mit leuchtenden Augen. “Be honoured to meet the High King of the Bears and Carnivores.”

Anton drehte sich um.

Auf dem riesigen Thron saß plötzlich, so klein, dass es fast verloren wirkte, das Bärenwesen. Der Junge ließ seinen Blick durch den Raum schweifen, und er verstand. Er sah den Kopf des Ebers an der Wand, die verlassenen Säle und den roten Samtmantel, der über die schmalen Schultern des Bären hing. Um den Hals trug er eine

indeed
in der Tat

dünne Kette, an der ein goldener Ring baumelte. Die Krone mit dem einzelnen Rubin, die an seinem Vater so winzig gewirkt hatte, rutschte ihm fast über die Augen: The Unwanted and Useless Bear-Thing, High King of the Bears and Carnivores.

"I am **indeed** honoured to meet you", sagte Anton gerührt. "Long live the King."

Das Bärenwesen blickte peinlich berührt zu Boden, als Anton sich vor ihm verbeugte, und nickte unsicher.

"Be honoured to meet the High King of All Waters, Lakes, Rivers and Seas", fuhr Gwynrych fort. Anton drehte sich um. Erst jetzt bemerkte er, halb im Schatten des Throns verborgen, eine weitere Gestalt.

Ein männliches Wesen, ein wenig größer als ein erwachsener Mann, mit langen Armen und sehr dünnen Beinen, auf denen ein massiger Körper ruhte, der fast ohne Übergang von den Schultern zum Kopf überging. Als das Wesen den Kopf wandte, konnte Anton hervorquellende gelbe Augen sehen, die ihn aufmerksam, aber misstrauisch musterten. Seine Haut hatte die Farbe von moosigen Kieseln in einem klaren Flussbett oder dem braungrün schimmernden Wasser an Uferhängen. Der Samt des Umhangs, den er trug, wirkte fast schwarz vor Feuchtigkeit, und aus dem Saum tropfte Wasser. Zwischen den Mittelgliedern seiner Finger und Füße spannten sich dünne Häute. Die schmalen Finger hatte er um ein großes, schmales und reich verziertes Metallstück gekrallt.

"**Get down on your knees**", murmelte Gwynrych, "and **pay** your **respects** to the great and **terrible** Nöck."
"High King", stammelte Anton, "not only am I honoured to meet you, I also want to thank you for saving my friend Gwynrych's life."
"Yes, yes", unterbrach der Nöck Anton gelangweilt und machte eine unwillige Handbewegung. "I do not wish to stand here wasting my time with humans. We have more important things to do." Seine Stimme war schwer zu verstehen. Die Töne glitten ineinander wie ein Echo oder das Rauschen von trägem Wasser. Es klang wie eine Harfe, eine schrille, misstönende Harfe.
Anton trat ein Stück zurück. Er konnte spüren, wie die Röte in seinem Gesicht aufstieg. Kech flatterte von dem Eberkopf und landete auf seiner Schulter.
"Don't worry, you did well", flüsterte der Rabe in Antons Ohr. "The Nöck ... he's not very happy to be here."
Nur ein kurzes Stirnrunzeln verriet Gwynrychs Gefühle. Dann verbeugte er sich tief. "As you wish. We **will proceed immediately**." Er trat vor und verbeugte sich vor dem Bären auf dem Thron. Gwynrych nahm die Spange Merlins von seinem Mantel, kniete sich vor dem Bärenwesen nieder und reichte sie ihm mit gesenktem Kopf.
"My king", sagte er.
Der Bärenkönig erhob sich würdevoll. Er kletterte von seinem Thron,

Get down on your knees. Knie nieder.
pay respects zolle Anerkennung
terrible schrecklichen
will proceed werden fortfahren
immediately umgehend

verfing sich in den Falten seines Mantels und stolperte über die Stufen direkt vor die Füße des Nöcks.
“Oops”, murmelte er. “I am so sorry, Sire.”
Dann steckte er die Spange an seinen Mantel. Er zog den goldenen Ring von der Kette um seinem Hals und ließ ihn über den Finger gleiten. Daraufhin trat der Nöck vor und hob das Metall, das er umklammert hielt, in die Höhe. Anton konnte sehen, wie seine dünnen Finger sich noch fester darum schlossen.

Wait and see.
Warte ab.

“Is that Excalibur?”, flüsterte Anton Kech zu, aber der Rabe schüttelte den Kopf.
“It is Minlung, the scabbard of Excalibur”, murmelte er.
“He’s going to give it to you?”, fragte Anton.
Der Rabe schüttelte unwirsch den Kopf. “Quiet. **Wait and see**”, krächzte er.
Sie schwiegen. Gwynrych wartete scheinbar unbewegt, den Blick in eine unbestimmte Ferne gerichtet. Das Bärenwesen sah den Nöck erwartungsvoll an. Schwer atmend senkte der Minlung und legte sie in die Hände des Königs. Seine Hände zitterten, die Finger wollten sich nicht von der Schwertscheide lösen.
Dann atmete der Nöck scharf aus, ließ Minlung los und trat einen Schritt zurück.
“My king”, knurrte er misstrauisch. “Now let us see how powerful you are.”
Das Bärenwesen befestigte die Scheide an seinem Gürtel, sie hing bis auf den Boden herab. Die Krone war ihm über das rechte Auge gerutscht, und der Ring an seiner

Tatze saß so lose, dass es ihn jederzeit zu verlieren drohte. Es sah aus wie ein Kind, das in die zu großen Schuhe seines Vaters geschlüpft war.
Doch im flackernden Licht der Fackeln ging eine Veränderung vor sich. Die Umrisse des Bärenwesens schienen sich aufzulösen. Das struppige Fell ringelte sich in schwarzen Locken, die ganze Gestalt streckte sich, bis Anton zu einem erwachsenen Mann mit einem alterslosen Gesicht aufblickte. Er konnte die Hände wachsen sehen, die kräftigen, sehnigen Hände eines Kriegers streckten sich vor und legten sich leicht auf die Schwertscheide. Anton schluckte. Noch konnte er das Bärenwesen erkennen, seinen schief gelegten Kopf, die hochgezogenen Schultern. An der Hand, die die Krone zurückschob, glitzerte der Ring Merlins. Und trotzdem – gleichzeitig sah er diese zweite Gestalt, und sie war wirklich, bis in das kleinste Detail. Die Fingernägel waren kurz und gerade geschnitten, sie strichen durch den grauweißen Bart, der bis über den Gürtel hing. Das Gesicht war von tiefen Falten zerfurcht, und trotzdem wirkten die Augen unter den schütteren grauen Haaren wach und lebendig. Die Sehnen der altersfleckigen Hand traten deutlich hervor, als die Finger sich fester um Minlung legten, und die weißen Haare schienen in einem plötzlich aufkommenden Wind zu wehen.
"He is one and many", flüsterte Gwynrych kaum hörbar. "Merlin's treasures are brought together. They remember their **master** and call for him: Taliesin, the Merlin of Great Britain."

master Herren

Die Wände der Höhle lösten sich auf und wurden ... zu Wald. Der Boden unter Antons Füßen verschwand. Unter sich, weit, weit unter sich, sah er den Sumpf, in dem der Palast des Bärenkönigs lag.
"It is not real!", krächzte der Rabe an seinem Ohr. "He is calling Excalibur. Magic calls magic ..."
Und Anton verstand. Das Bärenwesen trug drei Erbstücke Merlins. Es wurde zu Merlin. Und Merlin forderte sein Schwert. Excalibur würde ihm antworten.
Noch immer schienen sie dahinzugleiten. Die Gipfel der Bäume unter ihnen wurden spärlicher, gedrängt stehende Tannen machten ausladenden Eichen und Buchen Platz. Die Gegend wurde wieder unwirtlicher, gewaltige Felsbrocken türmten sich auf, von tiefen Schluchten durchschnitten, ein Fluss ... Sie folgten dem Lauf des Flusses, der sich tief in die Felsen gegraben hatte, über umgestürzte Baumstämme und schäumende Wasserfälle. Dann roch Anton den unverkennbaren Geruch von Meer.
Nebel kam auf, erst in vereinzelten Fetzen, so zart, dass er nur zu erahnen war, dann glitten Wolken unter ihnen dahin, feucht und dunkelgrau und undurchdringlich. Die Schwaden wurden dichter und dichter, sie hüllten sie völlig ein. Um sie herum war nichts als eintönige graue Dunkelheit.
"Avalon", flüsterte Gwynrych düster, und wie ein Echo antwortete der Rabe auf Antons Schulter: "Avalon."
Dann riss der Nebel auf.
Das Land unter ihnen war grün, unglaublich grün. Alles schien von einer dicken Moosschicht bedeckt zu sein:

Hütten, Steine, Bäume. Kleine Pfade schlängelten sich durch unwegsames Gelände. Es ging steil bergauf. Eine Felswand ragte vor ihnen auf, auch sie von Moos bedeckt. Sie näherten sich mit rasender Geschwindigkeit. Gleich würden sie dagegengeworfen. Anton schloss die Augen.

Nichts geschah. Sie standen still in der Luft. Als Anton die Augen öffnete, blickte er auf eine Mulde in der Felswand. Geröll und Holzreste lagen am Boden übereinander gestapelt, von einer Schicht Moos überwachsen. Handelte es sich um die Überreste eines Hauses? Oder war das einfach nur ein Baumstamm, dessen Holz von Würmern zerfressen war, oder waren es die morschen Reste eines Dachbalkens? Abgeblätterte Farbe schimmerte durch das Moos.

Zwischen den Trümmern glühte ein Licht auf, dunkelrot zuerst, wie erhitztes Eisen. Es wurde heller und heller, orange, dann gelb.

Ein Kreuz?, dachte Anton. Ist das eine Kapelle?

Das Licht war inzwischen so hell, dass Anton die Hand hob, um seine Augen abzuschirmen. Ein strahlendes Weiß, weißer als weiß, so glänzend, dass Anton glaubte, es hören zu können, ein helles, gefährliches Sirren, wie ein Schwert, das die Luft durchschneidet –

Und dann begriff er.

Es war kein Kreuz. Es waren Griff und Klinge eines Schwerts, dessen Spitze in den Stein gegraben war.

Excalibur.

Sie hatten Excalibur gefunden.

Mit leuchtenden Augen trat Gwynrych auf Anton zu. Sie befanden sich wieder im Thronsaal. Der Bärenkönig, wieder auf seine ursprüngliche Größe geschrumpft, versuchte, die Falten seines Mantels zu entwirren. Der Nöck hielt Minlung mit beiden Händen fest und presste sich die Scheide gegen die Brust. Die Fackeln neben dem Thron waren so weit heruntergebrannt, dass der Kopf des Ebers kaum noch zu erkennen war.

"My friend", sagte Gwynrych bewegte, ergriff Antons rechte Hand und legte sie an seine Stirn. "I don't know what to say. I cannot – we cannot – find the words **to express** our **gratitude**. You **risked** your life to save our world, and it *has* been saved. Now that we have Excalibur, **victory** is **certain**. Thanks to Merlin, our **mission** is as good as **accomplished**."

Anton räusperte sich. Die Situation war ihm ein wenig peinlich; er verstand jetzt, wie sich das Bärenwesen fühlen musste.

"So ... when do we leave for Avalon? Did you want to go there right now? I'm just asking because if there's anything I **need to pack** ..."

Gwynrych schüttelte lächelnd den Kopf. "I am afraid you cannot follow us there, Anton Schreiber."

"I can't go to Avalon?", fragte Anton, der nicht wusste, ob er enttäuscht oder erleichtert sein sollte.

to express ... um ... auszudrücken
gratitude Dankbarkeit
risked hast riskiert
victory Sieg
certain sicher
mission Auftrag
accomplished vollbracht
need to pack einpacken muss

"Oh, you could go there", krächzte Kech. "Avalon has always been ... hungry for **human souls**. Going there is easy. But you might never be able to leave again. Avalon likes to keep its treasures."
Anton schauderte. Ein Leben, ein ganzes Leben zwischen diesen moosigen Steinen, in diesem einsamen, in dichten Nebel gehüllten Land, das war eine schreckliche Vorstellung. Und davon abgesehen, tat sein Arm einfach verdammt weh.
"But if you need me ...", sagte er unsicher.
Gwynrych schüttelte den Kopf.
"Avalon is too dangerous for you. But don't worry about us. The sword **has been** there for at least a **thousand** years. Nobody has even touched it. Nobody outside this room knows we are looking for it. And don't forget: we aren't **outlaws** any more, hunted by a **pack** of wolves. Now it is the Bear King, travelling with his knights. Nobody will dare to touch us."
Anton nickte. Die Erleichterung, die er verspürte, war überwältigend.
"One day you will see it. Excalibur, in all its **glory**. And we will show you how beautiful this world can be", fügte Kech hinzu.
"I would love to see it", sagte Anton.
"But here we must say farewell", sagte Gwynrych ernst, und hob die Hand.
"If there's anything I can do to help", erbot sich Anton ein letztes Mal.

human souls Menschenseelen
has been ist geblieben
thousand tausend
outlaws Vogelfreie
pack Rudel
glory Herrlichkeit

Der Bärenkönig nickte. "We will always know where to find you, my friend. We will never forget you. And don't worry: with Merlin's Ring, and with the help of the Nöck, we are as good as **invincible**." Er nickte, wie um seine eigenen Worte zu bestätigen.

invincible
unbesiegbar

"With Merlin's help. And, of course, Excalibur. Farewell, my friend."

Als seine Mutter die Tür zu seinem Zimmer öffnete, lag Anton in tiefem Schlaf, lächelnd, den gebrochenen Arm fest gegen die Brust gedrückt. Auf dem Kissen neben seinem Kopf lag eine schwarze Rabenfeder. Die andere Hand war leicht erhoben, als wolle er jemandem winken.